小狐狸的面包

〔苏联〕普里什文 / 著
茹香雪 / 译
古兰 蔡菲菲 / 绘

广西师范大学出版社
·桂林·

小狐狸的面包
Xiao Huli De Mianbao

出 品 人：柳　漾
编辑总监：周　英
项目主管：冒海燕
责任编辑：冒海燕
装帧设计：林格伦文化
封面设计：李　坤　潘丽芬
责任技编：李春林

图书在版编目（CIP）数据

小狐狸的面包/（苏）普里什文著；茹香雪译；古兰，蔡菲菲绘. --桂林：广西师范大学出版社，2017.9
（2019.3 重印）
（魔法象. 故事森林. 世界大作家寄小读者丛书）
ISBN 978-7-5495-9827-4

Ⅰ．①小… Ⅱ．①普…②茹…③古…④蔡… Ⅲ．①儿童文学–散文集–苏联 Ⅳ．①I512.86

中国版本图书馆 CIP 数据核字（2017）第 127978 号

广西师范大学出版社出版发行
（广西桂林市五里店路 9 号　邮政编码 541004）
（网址：http://www.bbtpress.com）
出版人：张艺兵
全国新华书店经销
河北锐文印刷有限公司印刷
（河北省石家庄市鹿泉区站前路 209 号　邮政编码：050000）
开本：880 mm × 1 240 mm　1/32
印张：6　　　　字数：88 千字
2017 年 9 月第 1 版　2019 年 3 月第 2 次印刷
定价：21.80 元

如发现印装质量问题，影响阅读，请与出版社发行部门联系调换。

前言

  曾经有许多人这样设想过：假如有一天，你将独自一人驾驶着一艘小舟绕地球旅行，或者你将独自一人前往一座孤岛，在那里生活一年甚至更久的时间，而你只能（或者说只允许你）选择一样东西带在身边，供自己娱乐，那么，你将选择什么呢？

  是一块大蛋糕、一盒扑克牌、一只小松鼠、一幅美丽的图画，还是一本书、一个八音盒、一把口琴，或一只装满了纸的画箱？

  每个人都可以自由地做出自己的选择。然而大多数人表示，更愿意选择一本书。蛋糕一吃就没了；扑克牌和松鼠不久就会变得乏味；围绕在孤岛四周的大海上的景色，胜过你带去的最美丽的图画；八音盒和口琴只能唤起你更大的孤独感；画箱里的纸装得再多也会用完……而唯有一本书——一本你所喜爱的书，才仿佛是一位永远亲切而有趣的旅伴。

  它将伴随你，给你无穷无尽的想象和欢乐，使你百读不厌、常读常新，不断地感知和发现新的真理；它将帮助你战胜寂寞和孤独，像黑夜里的明灯、星光和小小的萤火虫，为你照亮夜行的

i

小路,指引你、帮助你去认识世上的善恶和美丑。

是的,什么也不能像书那样帮助我们,用生活、用心灵去感知和认识未知的事物。英国著名女作家尤安·艾肯在1974年为国际儿童图书节所写的献辞里讲到,如果有一天,她真的独自漂流在茫茫的大海上,身边只有一本书为伴,那么,"我愿意坐在自己的船里,一遍又一遍地读那本书"。她说:"首先,我会思考,想想故事里的人为何如此作为。然后,我可能会想,作家为什么要写那个故事。接下来,我会在脑子里继续这个故事,回过头来回味我最欣赏的一些片段,并问问自己为什么喜欢它们。我还会再读另一部分,试图从中找到我以前忽视了的东西。做完这些,我还会把从书中学到的东西列个单子。最后,我会想象那个作者是什么样的,全凭他写书的方式去判断他……这真像与另一个人同船而行。"女作家相信,在这种情况下,一本书就是一位好朋友,是一处你随时乐意去就去的熟地方。而且从某种意义上说,它是只属于自己的东西,因为世上没有两个人用同一种方式去读同一本书。

另一位国际安徒生奖获得者、苏联著名儿童文学家和教育家谢尔盖·米哈尔科夫,写过一本关于儿童成长与素质教育问题的散文名著《一切从童年开始》。他在这本书的开篇就指出:书是孩子们生活中最好的伴侣。他说,无论孩子们的家庭生活和学校生活多么有趣,可是如果不去阅读一些美好、有趣和珍贵的书,也就像被夺去了童年最可贵的财富一样,其损失将是不可弥补的。很难设想一个没有阅读、没有好书的记忆的童年会是什么样子。他告诉所有的家长、老师和为孩子们工作的人:"一本适时的好书能够决定一个人的命运,或者成为他的指路明星,确定他终生的理想。"这本书中还有一章《生活中的伴侣:书》,专门谈论书与阅读对一个孩子的成长的重要性和影响力。他谈到,有些书,一个人如果不在童年时读到它们,不曾在童年时代为它们动过真情、流过眼泪,那么这个人的本性和他整个的精神成长,就可能有所欠缺,甚至"将是愚昧和不文明的"。他举了自己在八岁时所记住的诗人涅克拉索夫的几行诗为例,它们出自《涅克拉索夫选集》:"在我们这块低洼的沼泽地方,要不是总有人用网去捕,用绳索去套,各种野兽会比现在多五倍,兔子当然也一样,真让人心伤。"他说,过去了许多年——超过了半个世纪之后,这些诗句仍然没有失去当年迷人的魅力,它们仍然在不断地唤醒他的良知和爱心,像童年时一样。他小时候还读过一本文字优美的诗体小说《马扎依爷爷》,当他自己也成了一名作家后,他仍然要特地去看看当年马扎依爷爷搭救可怜的小兔子的地方。他举这些小例子只为了说明,一个人,只有从小热爱、珍惜和尊重自己祖国和世界最优秀的文学遗产——那些读也读不尽的好书——你的精神世界才会变得丰富、健全、美好和高尚。

本套丛书精选了适合少年儿童读者阅读和欣赏的作品。这些作品,或许可以视为一代代文学大师与幼小者们的心灵对话,是一棵棵参天大树对身边和脚下小花小草们的关注与祝福,是属于全人类的文学遗产中珍贵和美丽的一部分。从这些文学大师的形形色色的童年生活细节和独特的成长感受里,我们的小读者不仅可以获得启示，也可以得到文学的享受、美的熏陶。

　　自然，世界上的书是各种各样的，这是因为我们这个世界本身是丰富多彩的。欢乐的、悲哀的，真实的、魔幻的，崇高的、卑微的，美好的、丑恶的，等等，整个活生生的世界，都可能进入一本书中。也许正因为如此，我们才更加觉得书的神奇与伟大。我们从不同的书中，既可以看到我们所赖以生存的这个真实的世界，以及我们周围的真实的人、所发生的真实的事件，又可以看到那些来自于写书人头脑的虚构和幻想中的世界、人物和故事，如巨人和小矮人、恶毒的巫婆、善良的精灵、神秘的外星人、聪慧的魔法师、美丽的海妖、可怕的吸血鬼，等等。

　　美国女诗人艾米莉·狄金森写过这样几行诗："没有任何大船，能像书本一样，载着我们远航；没有任何骏马，能像一页页奔腾的诗行，把我们带向远方。"是的，一本书可以超越最久远的时间和最辽阔的空间，让我们在任何时候和任何地方，都能够反复看到最古老的过去或最遥远的未来。书，帮助我们每一个人成长：从懵懂的小孩长成有美好的情感、有丰富的想象力、有智慧、有思想、有发明和创造力的巨人。我们期待，你现在所阅读的，就是这样一本对你的成长有所帮助的好书。

序

  在我们的生活中，世俗的事总是要占去最多的时间和精力，以至于我们忘记了另一个世界的存在，那就是大自然中动物和植物的奇妙世界。而这个世界，在孩子的心目中，却是最现实、最美丽，也最可珍惜的存在了。

  孩子最初的想象力从哪里来？来自天上的云彩和星星，会飞的蒲公英，摇着尾巴的小狗，还有总是奔忙的蚂蚁。至于母亲哼的歌谣和大人讲的故事，恐怕也是永远会令孩子感到新奇的狐狸和大灰狼的童话。正是和人类并存的大自然，滋养了人的童年，让人变得纯真、智慧和勇敢，也就是说，是大自然赋予了人一件宝贵的礼物——童心。

  对孩子来说，拥有童心是必需的，对成人来说，重新获得或享有童心也是极为宝贵的。而能进入童心的"钥匙"就是大自然。

  当我有机会校阅香雪译的普里什文写的动植物生活的故事时，我的心灵仿佛纯净了起来，那久已失去的童年又回到了我的身旁。本书里许多奇妙的故事是那样吸引我，让我为自己童年时没有机会读到这些故事而感到惋惜。这个世界对我、也可能对许多人来说是陌生的，但肯定是亲切的，是我们愿意进入并流连其中的。

作者普里什文是我年轻时就喜欢的苏联作家，那时我只注意到他笔下优美的散文，没想到他的笔记中还有这么多动物和植物的可爱的故事。普里什文真正拥有一颗童心，他和孩子们之间有那样真诚的友谊，和动物相处得那么和谐，观察动植物又那样富有人情味，这多么令人感动。

今天的时代是工业文明急剧发展的时代，工业文明虽然给人类带来了福利，但在改造自然的过程中又不可避免地损害了自然。但是人类最终会凭自己的智慧使人和自然达到最高度的和谐，和其他生物一起快乐地生活在世界上。这当然是孩子们最初的愿望，也肯定会是善良的成人的愿望。因为童心是人类最璀璨的珍珠，孩子们拥有它，大人们也不想失去它。

我想，这本书肯定多少会使你看到童心的闪光。

相信小朋友会喜欢这本书，也相信小朋友的爸爸、妈妈、爷爷、奶奶同样爱读这本书。

刘湛秋

目录

"发明家" 1

小灰鹤茹尔卡 7

虾在"喊喊喳喳"说些什么 9

柠檬 12

金色的草地 19

刺猬的教训 21

小瘸鸭 23

小狐狸的面包 26

森林的楼层 30

熊 35

神速的灰兔 38

我怎样教会狗吃豌豆 40

蓝色树皮鞋 43

水上漂鱼 48

柱子上的母鸡 50

两只熊 54

机灵的白兔 57

火光捕鱼 60

拉达 62

厉害的狐狸 68

小鸟和爷爷的毡靴 70

好逞能的喜鹊 75

淡紫色脖子的鹅 79

森林医生 84

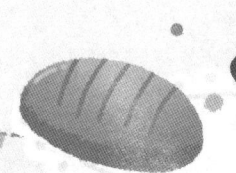

野兽的奶妈 86

世界之春 90

黑桃皇后 96

马蹄 102

地形侦察员"夜莺" 110

森林之主 115

人类的朋友 127

老蘑菇 144

红蘑菇 153

译后记 176

"发明家"

有一窝野生的小鸭子,在泥塘柳树下的草丛里出壳了。鸭妈妈领着小鸭崽儿,沿着奶牛出没的小径向湖边走去。我老远就发现了它们,便躲在树后,等那些小鸭崽儿从我脚边走过时,我抓了其中三只,剩下的十六只自顾自沿着小径一个劲儿地往前走去。

我把这几只黝黑的雏鸭带回家,没多久它们就变成灰色的了。又过了些日子,公鸭变得像美男子一样,羽毛鲜艳夺目,两只母鸭杜霞和慕霞也出落得十分漂亮。我们怕它们飞走,便把野鸭的翅膀给剪短了。这几只野鸭就养在我们家院子里,跟我们那些家禽,母鸡呀,鹅呀,一起养着。

第二年开春,我们用破布烂纸一类的废物,在地窖里给野鸭们垒起了一个小丘,就像泥塘里的草墩子一样,然后在上面筑起一个窝。杜霞倒挺高兴,在自己窝里孵了十六个鸭蛋，慕霞却不大愿意趴在自己的十四个鸭蛋上面。不论我们怎样强迫它，这只呆头呆脑的母鸭就是不想当母亲。

于是我们把野鸭蛋放到我们家那只外号叫"黑桃皇后"的黑母鸡的窝里。

到了小鸭子出壳的那几天，我们把它们放在厨房里，因为那儿暖和。我们帮小鸭子把蛋壳剥碎，精心照料着。

过了几天，天气转暖，杜霞领着自己黑茸茸的小鸭崽儿往池塘走去，而"黑桃皇后"则带着自己孵的小鸭崽儿到菜园找蚯蚓去了。

"啾啾，啾啾！"池塘里的小鸭子吹着口哨。

"嘎嘎，嘎嘎！"母鸭回答。

"啾啾，啾啾！"菜园里的小鸭子叫着。

"咯咯咯，咯咯咯！"母鸡回答。

小鸭子自然弄不明白，"咯咯咯"是什么意思，而从池塘那边传来的声音它们却很熟悉。

"啾啾，啾啾"这是说："自己人找自己人。"

而"嘎嘎，嘎嘎"是说："你们是雏鸭，是野鸭子，快点来游水吧！"

这些小鸭崽儿情不自禁地向池塘那边望去。

"自己人找自己人吧！"

小鸭子跑了过去。

"游吧，游吧！"

小鸭子游了起来。

"咯咯咯，咯咯咯！""黑桃皇后"在岸上固执地叫着。

小雏鸭吹着口哨一个劲儿地游啊，游啊，游到一起会合了。杜霞高兴地接受它们成为自己的家庭成员。可不，就与慕霞的关系来说，它们还是它的亲外甥呢！

整整一天，这个聚集在一起的庞大的鸭子家族都在池塘里游水；而整整一天，这位蓬起羽毛、气呼呼的"黑桃皇后"一直在不停地"咯咯"叫着，抱怨着，不住地用爪子在岸上刨着蚯蚓，想用蚯蚓来引诱小鸭子。它咯咯叫的意思是告诉它们："瞧，这儿已经有这么多的蚯蚓了，多好吃、多肥的蚯蚓呀！"

"废话，废话！"母鸭子回答。

黄昏时，母鸭子领着小鸭崽儿，排着长队，从干燥的小道上走回家。这些长着大嘴巴的黑鸭子，大摇大摆地从"黑桃皇后"的鼻子底下走过去，谁也没向这位母亲瞅一眼。

我们把所有的鸭崽儿都放在一个很深的筐里，让它们在厨房炉子旁暖暖和和地过夜。

清晨，人们还在睡觉，杜霞从筐里爬了出来，围着筐子转来转去，叫唤着，想把鸭崽儿都唤到自己跟前，鸭崽儿也"啾啾"地叫着回应。我们家的墙壁是用不隔音的松木筑成的，鸭叫声发出"嗡嗡"的共鸣。就在这一片骚乱声中，我们听到一只雏鸭的特别的叫声。

"听到了吗？"我问孩子们。

他们仔细听了一会儿。

"听到了！"孩子们喊起来。

我们来到厨房。

原来杜霞不是自个儿在地板上，它旁边还有只小鸭崽儿，叫得正欢呢！这只雏鸭和其他雏鸭一样，长得只有一只小黄瓜那么长，可它怎么能像个英雄似的，从三十厘米高的筐子里爬出来呢？

大家都猜是怎么回事，这可真是个新问题：是小雏鸭自己想出什么办法跟着母鸭爬了出来呢，还是母鸭无意中不知怎么用自己的翅膀把它带出来的？我用带子绑在这只小鸭崽儿的一条腿上做记号，把它又放回那群鸭崽儿当中。

第二天清晨，屋子里刚刚传来鸭叫声，我们就进了厨房。

和杜霞一起在地板上跑来跑去的又是那只扎着带子的雏鸭。

所有的雏鸭都关在筐里，它们叫着，拼命想要得到自由，可是一点儿办法也没有，而这只雏鸭却出来了。

我说："它一定是想了个什么鬼点子！"

"它是个发明家！"列娃喊了起来。

于是，我决定弄清楚这位"发明家"到底用什么办法完成了这个艰巨的任务，怎么用它那双长蹼的小脚跳过垂直的筐沿。第二天，天没亮我就起来了，这时，我的孩子们以及那群小鸭崽儿都还在沉睡呢。我坐在厨房的电灯开关旁边，好及时打开开关，看清筐里发生的情况。

窗外渐渐变白了，天开始亮了。

"嘎嘎，嘎嘎！"杜霞叫了两声。

"啾啾，啾啾！"一只小鸭崽儿独自应了两声。

接下去又没声了，孩子们还在睡觉，小鸭崽儿也在睡觉。

工厂的汽笛响了,天已大亮。

"嘎嘎,嘎嘎!"杜霞又叫了几声。

谁也没答应。我明白了:"发明家"现在没工夫,它大概正在完成那项艰巨的任务。我赶紧打开了灯。

嗬,这下我全明白了!母鸭这时还没有起身,它的头正好贴着筐子的边沿。所有的小鸭崽儿都在母亲温暖的身体下,只有一只小鸭,就是腿上扎带子的那只爬了出来,踩着母鸭的羽毛,就像踩着砖头一样,爬到母亲的背上。杜霞一站起来,就把它举得跟筐沿一般高,它顺着母鸭的背像一只耗子似的跑到筐沿上,再一翻身就滚到了地上。母亲随后也跳到地板上。于是开始了每天清晨照例的骚动:叫唤声、"啾啾"声响满屋子。

这以后又过了两天,地板上很快就出现了三只小鸭崽儿,而后又是五只。不多久,只要母鸭早晨刚刚"嘎嘎"一叫,所有的小鸭崽儿都爬上它的背,然后从筐沿翻到地板上。

这样,那只给其他的小鸭崽儿开辟道路的雏鸭,我的孩子们就称它为"发明家"。

小灰鹤茹尔卡

有一次,我们捉到一只小灰鹤,给它喂了一只青蛙。小灰鹤把青蛙吞下去了。我们又给了它一只,又被它吞下去了。我们接着喂给它第三只、第四只、第五只,当时我们手头再没有更多的青蛙了。

"机灵鬼!"我的妻子说,接着问我,"它能吃多少只青蛙?能吃十只吗?"

"十只,"我说,"能。"

"那要是二十只呢?"

"二十只,"我说,"不见得能……"

我们把小灰鹤茹尔卡的翅膀剪短了,于是它跟着我妻子到处走。她去挤牛奶,茹尔卡跟着她;她到菜园去,茹尔卡也一定会在那儿出现;她到集体农庄的田野去干活儿,她去拎水,茹尔卡都跟着。我的妻子对此也习以为常了,茹尔卡就好像是自己的孩子,没有它反而感到苦闷，少了它哪儿也不去。如果什么时候茹尔卡不在，只要喊两声"呼噜呼噜"，它就会向她跑来。多听话！

小灰鹤就这样一直待在我们家，而它那被剪短了的翅膀也在不停地长啊长。

有一次，我妻子到下面的沼泽地边打水，茹尔卡也跟着她。一只小青蛙蹲在井沿上，看到小灰鹤便跳到沼泽地里去了。茹尔卡追了过去，可水很深，从岸上够不着小青蛙，茹尔卡拍拍翅膀，突然飞起来了。妻子"啊"地惊叫一声，追了过去。她也拍拍双臂，可是飞不起来。她哭成泪人向我们跑来："哎呀！这下糟了，哎呀！"我们都向井沿跑去，看到茹尔卡远远地落在沼泽地的中央。

"呼噜呼噜！"我喊着。

所有的孩子都跟着我喊："呼噜呼噜！"

多机灵的小灰鹤！它刚一听到我们喊"呼噜呼噜"就拍拍翅膀飞过来了。我妻子高兴得什么都忘了，嘱咐孩子们赶快去捉青蛙。这一年青蛙特别多，孩子们很快就捉来了两帽壳儿。他们把青蛙拿来，一边喂，一边数。喂它五只吞下去了，喂它十只也吞下去了，二十只、三十只，就这样，它一次就吃掉了四十三只青蛙。

虾在"喊喊喳喳"说些什么

我感到奇怪,虾怎么有那么多乱七八糟没用的东西:那么多腿,那么多须,那么多钳子,走起路来尾巴朝前,尾巴还要叫作后肚。但是,童年时最使我奇怪的是,只要把虾放在桶里,它们之间就开始"喊喊喳喳"。你瞧它们,说呀说呀,可说的什么谁也弄不明白。

等到有人说"虾不'喊喊喳喳'了",那就是说它们已经死了。它们整个生命就是在这"喊喊喳喳"中度过的。

早先,我小的时候,在维尔杜申卡河里,虾比鱼多。有一回,多姆娜·伊万诺夫娜带着孙女济诺契卡,到我们维尔杜申卡河来捞虾。奶奶和孙女赶到我们这儿已近傍晚,歇了一会儿就去了河边。她们在那儿张起捞虾的小网。这种虾网在我们这儿全是自己做的:把一根柳树枝弯成圆圈,在圆圈上蒙上一层旧渔网。在网上放一小块肉,或者别的什么,最好是一块烤熟的香喷喷的青蛙肉，再把网沉到水底。虾闻到烤青蛙肉的香味，就从岸边的小洞爬到网上去。人们抓住网上的绳子，一点儿一点儿地把网拉上来，摘下虾，再把网沉下去。

这个活儿很简单，奶奶和孙女一夜就捞了一筐。早晨，她们收拾妥当，起程赶回十俄里[1]以外自己住的村子去。太阳越升越高，奶奶和孙女一路走，热得直流汗，累极了。她们现在想的已经不是虾，而是快点儿到家。

"虾可别不出声了。"奶奶说。

济诺契卡凑上去听了一会儿。

虾在奶奶背上的筐里"喊喊喳喳"的可欢啦。

"它们悄悄地说什么呀？"济诺契卡问。

"乖孙女，它们这是在临死前互相告别呢！"

其实，虾这个时候完全不是在说什么话，而是它们那粗糙的骨质外壳、钳子、须和后肚互相摩擦发出的声音，仿佛是在窃窃私语。那些虾，它们才不想死哩！嘀，每只虾把所有的腿脚都用上了，哪怕能找个小洞钻出去也好。筐底正好有一个洞，最大的虾也可以从那儿爬出

---

[1] 1俄里约为1公里。——编者注

去。一只大虾爬出去了,比它小的虾也跟着毫不费劲地爬了出去。爬呀,爬呀,从筐里爬到奶奶的短上衣上,从上衣爬到裙子上,从裙子又爬到小道上,从小道再爬到草丛里,而从草丛眨眼工夫就爬到小河里了。

太阳越来越烤人。奶奶和孙女不停脚地走啊,走啊;虾也在不停地爬啊,爬啊。多姆娜·伊万诺夫娜和济诺契卡眼看就要到村子了。突然,奶奶停住脚,想听听筐里的虾怎么样了,可她啥也没听到。筐子嘛,已经变得很轻了,可老太太由于一夜没睡,双肩酸胀,背上的筐空了也没感觉。

"小孙女,瞧这些虾,"奶奶说,"大概唠叨完了。"

"死了?"小姑娘问道。

"睡着了,"奶奶回答,"不会再喊喳说话了。"

她们走到小屋旁边,奶奶摘下筐子,掀起破布:"我的妈呀,虾在哪儿呀?"

济诺契卡朝里面瞅了一眼,筐是空的。

奶奶瞧了瞧小孙女,只好把手一摊。

"瞧它们,这些虾,"她说,"刚才它们'喊喊喳喳'说个不停,我还以为它们是在临死之前互相告别呢,原来它们是在跟我们两个傻瓜告别呢!"

这事发生在一个国有农场里。一位熟识农场主席的中国人给他带来了一件礼物。农场主席特拉费姆·米哈伊洛维奇一听是礼物就一挥手,示意不要。热情的中国人鞠了一躬准备离去,可这时特拉费姆·米哈伊洛维奇忽然有些好奇,就向他提了个问题:"你想送给我一件什么礼物?"

"我本来想把我的一只小狗当作礼物送给你,一只世界上最小的狗。"中国人回答。

一听是狗,特拉费姆·米哈伊洛维奇更是皱眉头了。主席家里各种各样的动物已经不少了:一只卷毛的牝狗涅尔里,一只猎犬特鲁巴契,一只黑得发亮、精神十足的猫米什卡,一只驯养的白嘴鸦,一只家养刺猬,还有一头漂亮的公羊羔鲍利斯。主席的妻子叶琳娜·瓦西里耶夫娜非常喜爱动物。因为已经有这样众多的"食客",

难怪特拉费姆·米哈伊洛维奇一听到要来一只新狗马上就皱眉了。

"别出声！"他悄声对那位中国人说，同时把一根手指放在嘴唇上。

但是已经晚了，叶琳娜·瓦西里耶夫娜已经听到了他们关于世界上最小的狗的谈话。

"我可以看一看吗？"她走进办公室问道。

"狗在这儿！"中国人回答。

"把它领来吧！"

"它就在这里！根本不用去领。"中国人重复道。

突然，他脸上露出和善的笑容，从自己上衣里面掏出一只小狗，小狗之小是我一生中从未见到过的，就是在莫斯科也很少有人见过。我可以把它放在我柔软的帽子里随身带着。它毛色发黄，毛很短，简直跟秃的一样，而且不知为什么不停地颤抖，犹如最纤细的弹簧。虽是这样小的身体，却长着一对像白蚁那样凸出的大眼睛，黑色的，闪着明亮的光。

"好极了！"叶琳娜·瓦西里耶夫娜惊叹地高声喊道。

"拿去吧！"因为受到称赞而感到开心的中国人说道。

于是他把这个礼物转送给了女主人。

叶琳娜·瓦西里耶夫娜坐到椅子上,把那只不知是因为发冷还是因为害怕而颤抖的"弹簧"放在自己的膝盖上。这只忠实的小狗马上就开始为它的女主人效劳了。瞧,这是效的什么劳啊!本来特拉费姆·米哈伊洛维奇伸出了一只手,是想抚摸抚摸这位新居民,可这位新居民霎时间咬住了他的食指。更严重的是,屋子里顿时响起了刺耳的尖叫声,仿佛有谁抓着一只小猪崽儿的尾巴在跑似的。小狗尖叫了很长时间,上气不接下气地吠着,光秃的身子因为发冷和愤怒而颤抖着,好像不是它咬了主席,而是别人咬了它。

特拉费姆·米哈伊洛维奇用手巾擦净了手指上的血,瞅了瞅妻子这位新的守卫者,不满意地说:"叫得倒挺凶,可惜毛太少!"

听到了尖叫声和狗吠声,涅尔里、特鲁巴契、鲍利斯还有黑猫都跑来了。米什卡跳上了窗台,在打开的小通风窗上打盹儿的白嘴鸦也被惊醒了。新居民把它们全当成了亲爱的女主人的仇敌,并且投入了战斗。它不知为什么选中了公绵羊作为对手,紧紧咬住对方的一条腿,鲍利斯蹿到沙发底下去了；涅尔里和特鲁巴契从办公间跑到餐厅，躲开了这个小怪物。把这些庞大的敌人赶走以后，这位小英雄转向米什卡，可米什卡并没有跑，而是把背弯成弧形，唱起了众所周知的透着凶狠之气的作战歌曲。

"这下可是棋逢对手啦！"特拉费姆·米哈伊洛维奇一边为受伤的食指吸着血一边说，"叫唤得挺凶，可就是没多少毛！"他向自己的侵犯者重复道，一边用脚踢了一下米什卡说，"怎么样，米什卡，给它喷点儿气！"

米什卡唱得更响了，本来还想喷口气，但它很快发觉，敌手对它的战歌甚至连眼都没眨一下。它先是扑上了窗台，接着扑向小通风窗，连白嘴鸦也跟在它后面飞走了。

"怎么喊它呢？"对这一切非常满意的叶琳娜·瓦西里耶夫娜问道。

中国人回答得很简单："柠檬。"

谁也弄不懂中国话"柠檬"一词是什么意思。大家都觉得小狗长得又黄又小，"柠檬"这个名字对它倒是正合适。

于是这只好斗的小狗开始统治和虐待那些彼此和睦友善的动物们。

当时我正在主席家里做客，每日四次我必到餐厅去吃饭和喝茶。

"柠檬"对我很不友好，我为此的确不愿再到餐厅去了。每次我去餐厅，它便从女主人的膝头跳下，迎着我的靴子跑来。只要皮靴轻轻碰到它，它便又回到女主人的膝头，用可怕的尖叫声来煽动女主人与我为敌。吃饭的时候它有时也沉默片刻。每当我忘记了它的存在，午饭后想要走近女主人和她聊聊天的时候，它便又开始叫起来。

我的房间和主人的房间只隔着一层很薄的板。因为这只小暴君不停地怒吠，我几乎完全不能看书，也不能写东西。有一回深夜，主人房间里的这种叫声吵醒了我，我不由得想到：该不是小偷或者强盗来偷盗了吧？我手持武器奔到主人那间屋子。邻居们也都跑来救助，有的带着步枪，有的举着手枪，有的拿着斧头，有的攥着草叉，而在他们的包围圈里，"柠檬"正在和那只家养刺猬厮杀。这样的事多啦，几乎每天都有。生活变得愈来愈烦扰了，我和特拉费姆·米哈伊洛维奇开始考虑，怎样才能摆脱这种不愉快。

一次，叶琳娜·瓦西里耶夫娜不知到哪儿去了，把"柠檬"独自留在家里。这在"柠檬"来后还是第一次。那时我的脑海里瞬间闪现出一个拯救我们大家的计划。我两手抓着帽子径直朝餐厅走去。我的计划是要好好吓唬吓唬这个暴君。

"喂，老弟，"我对"柠檬"说，"女主人走了，现在你的好时候已经过去了，最好还是投降吧！"

于是，我先让它啃我的笨重的皮靴，然后用那顶软帽从上面突然捂住它，用宽边把它包住。翻过来一看，"柠檬"缩作一团躺在帽子里，一点儿动静都没有，一双大眼睛向外望着。我觉得这双眼睛的眼神很忧伤。

我甚至有点儿同情它，惶恐不安中我想："要是这个闹事鬼，因为害怕和屈辱而心脏破裂怎么办？那时我怎么向叶琳娜·瓦西里耶夫娜交代？"

"柠檬，"我开始温柔地安抚它，"别生气，柠檬，别生我的气，我们会成为朋友的。"

我摸了一下它的头，摸了又摸，它没有反抗，也没有显得高兴。我着急了，小心地把它放到地板上，它几乎是摇摇晃晃地悄悄走到卧室去了。甚至两只大狗和那头公绵羊都格外小心，用奇怪的眼光望着它。

这一天，午饭、喝茶和晚饭的时间，"柠檬"都沉默着。叶琳娜·瓦西里耶夫娜开始猜测它是不是病了。第二天午饭后，我甚至走到女主人跟前，并且第一次满意地握住她的手，向她致谢。"柠檬"嘴里仿佛噙着水一样。

"我不在的时候你们把它怎么了？"叶琳娜·瓦西里耶夫娜问道。

"没什么，"我平静地回答，"大概，它开始习惯了，也该是时候了。"

我没打算告诉她，"柠檬"曾在我的帽子里待过，但是我和特拉费姆·米哈伊洛维奇高兴地互相私语，看来他对"柠檬"因为那次帽子事件完全丧失了自己的力量，丝毫也不感到吃惊。

"所有好斗的都是这样，"他说，"别看它对你没完没了地怒吠，虚张声势，只要把它放进帽子里，魂都出窍了。叫唤得挺凶，可就是没多少毛！"

金色的草地

蒲公英成熟的时候,是我和我的兄弟最开心的日子。我们常常到某个地方去狩猎,他在前面,我跟在他后面。

"谢廖沙!"我一本正经地喊他,等他回过头来,我便把蒲公英的茸毛吹到他脸上。于是他也开始窥伺我,假装打呵欠似的也把蒲公英的茸毛朝我脸上吹。就这样,我们总是为了寻开心,揪下这些不引人注目的小花。但是有一次,我有了一个新发现。

我们住在乡下,窗前就是一片草地。许许多多的蒲公英正在开放。这片草地就变成金黄色的了。真美!大家都说:"金色的草地,太美了!"有一天,我起得很早去钓鱼,发现草地并不是金色的,而是绿色的。快到中午的时候,我返回家,整个草地又都变成了金色。我开始注意观察,傍晚时草地又变绿了。我便来到草地,找到一朵蒲公英。原来它的花瓣都合拢了,就像我们的手,

手掌张开时它是黄颜色的,要是攥成拳头,黄色就被包住了。清晨,太阳升上来,我看到蒲公英张开了自己的手掌,因此,草地也就变成金色的了。从那时起,蒲公英成了我们非常喜爱的一种花。因为它和我们孩子们一起睡觉,也和我们一起起床。

刺猬的教训

狗也像狐狸和猫一样,偷偷走近自己的猎物,突然呆立不动,猎人把这叫作"停视"。

狗一呆立不动便给人以暗示,猎人就要在猎物起飞时射击。要是猎物起飞了,狗还在跑,就没法打猎。要是狗跟着这只猎物瞎跑一阵,把那只猎物轰走,或是在沼泽地上汪汪叫着追赶另一只猎物,猎人肯定会两手空空。我训练过罗姆卡,让它别瞎撵,可我没能教会它。

"没受过训练!"一次猎人基尔三对我说。

"怎么没受过训练?"我问。

"狗不开化应当用刺猬来驯服。"

我们找来一只刺猬。我把罗姆卡放在有黑山鸡的地方,它很快就捉起黑山鸡来。

我跟在罗姆卡后面,基尔三带着刺猬待在它的侧面。我命令道:"前进!"

罗姆卡一步一步地向前移动：一、二、三……

突突突！黑山鸡飞走了。

"回来！"我对罗姆卡喊道。

可它什么也记不得，什么也听不到，就扑了过去。这时基尔三从侧面跳起来，把刺猬直触到狗的鼻子上。罗姆卡清醒了，尖叫一声向刺猬扑过去。刺猬用它的刺把它痛戳一顿。于是我们教训罗姆卡："记住刺猬，记住刺猬！"

从那时起，只要鸟儿一飞过来，我就小声对它说："罗姆卡，记住刺猬！"

它也就清醒了。

有一回我问基尔三："基尔三，你怎么知道刺猬能驯服狗的呢？"

"从我自身的经验得来的，"基尔三回答，"童年时我用弹弓打碎了邻居的窗玻璃。有一次他们抓住我说：'应该拿刺猬教训教训这调皮鬼！'他们真的抓来了刺猬。后来我就用这个办法来驯狗，收益还真不小呢。"

小瘸鸭

我划着小船，一只打猎时帮我追踪猎物的小瘸鸭跟在我的船后游着。它原是一只野生的鸭子，可它现在为我，为人服务了。这只雌鸭常常用自己的叫声把那些公鸭引到我的窝棚里来。

无论我的船划到哪儿，小瘸鸭总是跟着我。哪怕它正在小河湾里捉什么，我藏在离它不远的转弯处，只要我喊一声"小瘸鸭"，它就会扔下一切，飞到我的船跟前来。于是，又是我到哪儿，它跟到哪儿。

说来我和这只小瘸鸭还有一段伤感的故事呢。起初，这窝雏鸭孵出后统统放在厨房里。一只老鼠嗅到了气味，在墙角打了个洞，钻进来了。正当它咬着小鸭的一只脚往洞里拖的时候，我们闻声赶到。小鸭子留下了，老鼠跑掉了，洞口也被堵上了。可怜的是这只小鸭子的脚掌被咬断了。

为了医好它的脚掌,我们可没少费劲:把折断的地方接上,缠上绷带,热敷,撒药粉,但是都无济于事,这只鸭子成了瘸腿。

在任何一种飞禽走兽的世界里,瘸子都是很悲凉的。它们中似乎有一条法则:有病的不被呵护,弱小的不被照顾,而被消灭。我们自己家的鸭子、母鸡、火鸡、鹅,都想要欺侮小瘸鸭。尤其可怕的是那些鹅,它们看上去像巨人,根本不把雏鸭这小玩意儿放在眼里,两只大脚掌像铁锤,恨不能把小瘸鸭砸成肉泥。

这只小小的瘸腿鸭能有什么锦囊妙计呢?它终于用它小得像榛子一样的脑袋琢磨出了唯一可以自救的办法:投靠人。我们本着人道的精神可怜它。现在,各种无情的禽类都想要它的命,我们怎能眼睁睁看着不管?怪只怪老鼠咬断了它的脚掌，它有什么错！

于是，我们像对待人一样喜爱这只小瘸鸭。

我们把它置于我们的保护之下。它开始跟着我们走来走去，只跟着我们。后来它长大了，我们也不像对别的鸭子那样给它剪翅。别的鸭子都是野生的，向往大自然，不恋家，总想飞到别处去。小瘸鸭离开我们没地方可去，我们的家就是它的家。小瘸鸭变得跟人合群了。

因此，每当我划着小船去捕野鸭，我的母鸭总是跟着我。要是它游慢了，便从水里钻出来，飞到我的跟前。要是它在小河湾里捉鱼，只要我躲到灌木丛后喊一声"小瘸鸭"，瞧，我的"小鸟"马上就会飞到我的身边。

小狐狸的面包

有一回,我在森林里转了一整天,傍晚时满载而归。我从肩上卸下沉甸甸的口袋,开始把我的猎物一样一样摆在桌子上。

"这是什么鸟?"济诺契卡问道。

"黑山鸡。"我回答。

于是我给她讲黑山鸡在森林里怎样生活。春天,它"咕咕"叫着啄食白桦树的蓓蕾;秋天,它在沼泽地里捡食小浆果;冬天,它避开风,在雪底下取暖。我还给她讲松鸡,指给她看那只浅灰色有小冠毛的松鸡,用小笛学松鸡的叫声,也让她学松鸡叫。我还把许多白色的、红色的、黑色的蘑菇掏出来放在桌子上。我口袋里还有一些血红的岩莓浆果、淡蓝色的黑莓果和红色的越橘。我还带回一块芳香的松脂,让小姑娘闻了闻,告诉她用这种树脂可以给树木治病。

"谁在那里给它们治病？"济诺契卡问。

"自己给自己治，"我回答，"常有这样的事：来了一位猎人，他想休息一会儿，于是便把斧子砍在树上，还把口袋挂在斧子上，而他自己则躺到树下面睡一会儿，休息片刻，再从树上取下斧子，背上口袋走了。可在斧子砍过的刀口上，从树皮里流出这芳香的树脂，伤口就愈合了。"

我还特意为济诺契卡带回各种各样好看的植物，有的是一片叶子，有的是一块草根，有的是一朵小花：有剪秋罗、缬草、彼德洛夫十字花、酸浆草。在酸浆草下面正好有一块黑面包。常有这样的事：有时我去打猎忘了带面包，在森林里就得挨饿；而有时带上面包又会忘了吃，把它再带回来。可济诺契卡一看见酸浆草下面的黑面包，就欢喜地叫起来："森林里哪儿来的面包？"

"这有什么奇怪的？要知道那儿有浆果……"

"是兔子的……"

"可面包是小狐狸的。你尝尝。"

济诺契卡先是小心翼翼地尝了一小口，然后就大口大口地吃了起来。

"小狐狸的面包真好吃。"

她把我的黑面包吃得一干二净。以后我们家经常这样：梳着小男孩头发的济诺契卡连家里的白面包都不吃，而只要我从森林里带回小狐狸的面包，她总是吃得一点儿不剩，口里还不住地称赞："小狐狸的面包可比我们的面包好吃多了！"

森林的楼层

在森林里,鸟兽都有自己固定的楼层:田鼠住在最底层树根下面;各种小鸟,比如夜莺,把自己的小巢直接筑在土地上;鸫要稍高一些,在灌木丛上;洞居的鸟如啄木鸟、山雀、猫头鹰还要高一些;而在树干的不同高度,一直到最高的顶端,居住着猛禽鹰和鹫。

有一次,我在林中观察到,这些鸟兽的楼层可不像我们人类居住的高楼大厦,可以上下任意调换,不同的鸟兽只能住在自己固定的楼层。

有一回打猎,我们来到一片林中空地,这里的白桦树都枯死了。白桦树常常长到一定年龄就会枯死的。别的树一旦枯死,树皮就脱落到地上,裸露在外的木质很快就会腐烂,整个树也就慢慢倾倒;而白桦的树皮不会脱落,这种多树脂的、表面呈白色的白桦树皮,是树的一个密封的套子。所以,已经枯死的白桦树还能长久地矗立着，像活的树一样。

甚至在树干已经腐朽，木质已经变成碎渣，因受潮气而变重的时候，白桦树依然能像活着似的站着。不过，站着归站着，只要稍稍推它一下，它立刻就会倒塌碎成好几块。

放倒这样的树是很有意思但也很危险的事情：如果你没有小心躲避，也许就有一块树干结结实实打到你的头上。但是我们毕竟是猎人，不怎么怕，遇到这样的树，就两个人一起把它推倒。

那天我们来到有这种白桦树的空地，推倒了一棵很高的白桦树。它在空中断成了好几截，其中一段的孔洞是山雀的窝。小小的雏鸟在树倒的时候倒是没有受苦，只是和自己的窝一起从洞里摔了出来。光秃秃的雏鸟，被那些砍伐后长出的小根株遮挡着，张开了宽宽的红嘴，把我们当作它们的父母，"叽叽"叫着要小虫子吃。我们在地上挖了几条小虫子喂了它们，小东西吞下去后又"叽叽"叫着。

很快它们的双亲就飞来了，白色的两颊圆鼓鼓的，嘴里衔着小虫，落在旁边的树上。

"你们好,亲爱的,"我们对它们说,"发生了不幸的事,我们也不愿意这样。"

山雀什么也没回答。主要是它们不能明白这儿发生了什么事,那棵树哪儿去了,它们的孩子哪儿去了。

它们一点儿也不怕我们,只惊恐不安地从这根树枝飞到那根树枝。

"瞧,它们在那儿嘛!"我们把地上的窝指给它们看,"那不是它们吗?你们听听,它们在'叽叽'叫,在喊你们呢!"

山雀们什么也不听,东飞西蹿,心神不宁,也不愿离开它们的楼层范围,飞到下面来。

"也许,"我们互相说,"它们是怕我们,我们躲起来吧!"于是我们躲了起来。

不,雏鸟还是"叽叽"叫着,双亲也还是"叽叽"叫着,飞来飞去寻找,可总是不到下面来。

这下我们总算明白了:小鸟不像我们住楼房,它们不能调换楼层。这些老山雀多半以为这层楼和它们的小鸟都一股脑儿地消失了。

"哎呀呀,"我的同伴说,"你们这些大笨蛋……"

我们感到遗憾，也觉得可笑。多么可爱的小鸟，长着一对小翅膀，可就是什么也不想弄明白！于是我们折断了邻近的一棵白桦树的顶端，把我们这段有窝的树干架在上面，高度正好相当于被破坏掉的那一层。我们埋伏在一边，没等多久，就几分钟光景，山雀双亲和自己的小雏鸟就幸福地团圆了。

熊

许多人都以为，森林里的熊一定多极了，似乎你一进森林，熊就会扑过来，把你吃掉，像吃小山羊那样，只剩下蹄子和犄角。

熊也像其他野兽一样，在森林里走路可精着呢，一闻到人味就逃之夭夭，不要说碰见一只熊，就连突然闪现的小尾巴你也别想看到。

有一次，在北方，人们告诉我在皮涅嘎河支流柯达河的上游，有一处地方常有熊出没。当时我根本无心捕杀熊，再说，那也不是狩猎的季节。狩猎要在冬天，而我来到柯达河已是早春了，这时熊已经走出了它们冬眠的洞穴。

我想，最好是在林中空地吃饭的时候碰到熊，要不，在岸边捕鱼或是休息的时候也可以。我总是随身带着武器，像野兽那样在森林里走来走去，埋伏在新鲜的足迹附近。不止一次,我觉得自己似乎闻到了熊的气味。但是,无论我走多长时间,每次我都没能遇到熊。

终于,我的耐心已消耗殆尽,而且也到了返回的时候。我来到我收藏小船和粮食的地方,这时我突然发现:一根大松树枝在我面前抖动了一下,接着就自己摇晃起来。

"一只什么小兽呢?"我想。

我把口袋扔到船上,自己也上了船,就划走了。

恰巧在我上船的地方的对面,在又高又陡的对岸的一所小木屋里,住着一位捕鱼的猎人,他乘船沿柯达河向下游划了一两个小时,追上了我。在半路上那间供来往行人小憩的木屋里,我们相遇了。

他告诉我,他在对岸看到,就在我上船的地方的对面,一只熊从原始森林中一跃而出。经他一说,我又想起刚才一丝风也没有,而那根松树枝却在我面前摇来晃去。

我好懊悔,我错过了熊。猎人还告诉我,这只熊不单从我的眼皮底下溜走了,而且还嘲笑我……大概,它就跑到离我不远的地方,躲在一旁,用后腿站起来监视我,直到我从林中走出,上船划走为止。之后,当我从它眼前消失后,它又爬上了树,久久地看着我在柯达河上划行。

"那么久,"猎人说,"我都看得不耐烦了,就回小屋喝茶去了。"

我感到很沮丧,熊嘲笑了我。但更令人沮丧的是,那些信口雌黄的人常用森林里的野兽吓唬孩子,警告他们,要是不带武器,一到森林就会被野兽吃得只剩下犄角和蹄子。

神速的灰兔

本来，我们想去捕猎白兔，可走到一个村子，那里的人告诉我们，头天夜里几只狼吃了他们村一只狗，我们便不敢再让我们的猎狗去森林里追兔子，决定去抓灰兔。我们很快就发现了一只灰兔，它想藏到悬崖峭壁下面去，穿过小溪就不见了。但是猎狗"夜莺"一点儿也没胆怯，它独自沿着踪迹追去，也消失得无踪无影了。接着它又跑出来仔细分辨灰兔的足迹，终于把它撵了出来。灰兔被我们打伤了，可这并没有减缓它的速度，它飞跑起来，消失在地平线上的小丘后面，"夜莺"和巴里玛也在那儿消失了，很快就听不到一点儿动静。

谁都知道，只要灰兔在野地里跑，它就成了明显的猎物，村子里的人都会看见它，谁家有猎枪，都会从墙上取下来。

"兔子，兔子！"顽皮的村童狂喜地大喊大叫。

他们跟在兔子后面满村子跑,有的拿着劈柴棍,有的拿着石头块,还有的拿着斧头。轰赶兔子的人很少能抓到它。

这只受伤的灰兔,用最后的力气穿过田野、峡谷、小树林和村庄。有时它索性就在村中大街上跑而它的后面是狗群。我们那些有经验的狗一路上没被顽童砍伤。兔子完蛋了,它在绝望中钻进椴树林中巴霍姆的烘干房。巴霍姆这时正巧坐在火堆旁往火里添劈柴,突然一股什么力量冲进来,一个会跑的、长着一对长耳朵的什么鬼东西飞了进来,"啪"的一声径直掉进火里,给巴霍姆溅了一身火星和燃烧的木块。

巴霍姆什么都忘了,他从烘干房里跑出去,只见几条狗迎面跑来,这时他才恍然大悟,明白是什么东西飞进了他的火堆。于是虽然他嘴上责怪我们几句,想必还是很友善的。这时积雪很深,他估计等我们走到他那儿还早着呢,便从狗嘴里夺下兔子,拿到小屋,嘱咐老太婆赶紧烹煮兔子。当我们赶到烘干房,分辨了周围的足迹,大家终于明白,兔子正放在老太太的铁锅里在煤火上炖着,已经熟了。我们感谢主人的款待,他们也感谢了我们。我们的狩猎就这样结束了。

我怎样教会狗吃豌豆

拉达是一只十岁的光毛老猎狗,毛色白里夹带黄点;特拉夫卡是一只长着蓬松的波状长毛的火红色猎犬,生下来总共也就十个月。拉达是一只安静而又聪明的狗;特拉夫卡则好动,而且总是不能很快明白我的意思。如果我出门的时候喊一声"特拉夫卡",它马上就会发呆。这种时候拉达总是不慌不忙转过头去冲着它,就差没跟它说:"小傻瓜,难道你没听见主人喊你吗?"

今天我临出门时喊道:"拉达,特拉夫卡,豌豆熟了,我们快点儿去吃豌豆吧!"

拉达八年前就学会吃豌豆了,现在它甚至非常喜欢吃。无论是豌豆、覆盆子、草莓、黑莓果、小红萝卜,甚至白萝卜、黄瓜,它都喜欢吃,就是不吃葱头。通常是看到我吃,它望着我沉思一会儿,然后开始一个荚接一个荚地采撷,等到塞了满满一嘴的豌豆荚,它便咀嚼起来。豌豆粒就从嘴的两侧漏出来,像是从脱粒机里掉出来一样。接着它把外壳吐出来,再用舌头从地上把豌豆一粒不剩地舔光。

这会儿我摘了一个又肥又绿的豆荚扔给了特拉夫卡,拉达这个老太婆对我喜欢年轻的特拉夫卡感到不怎么满意。特拉夫卡把豆荚叼到嘴里又吐了出来,我又给了它一个,它又吐了出来。我把第三个豆荚给了拉达,它叼走了,接着我再给了特拉夫卡一个,它也叼走了。我就这样给拉达一个,给特拉夫卡一个,每条狗都给了十个豆荚。

"嚼吧,吃吧!"

于是两条狗的嘴巴就像磨盘一样,两片磨石开始磨

起豌豆荚，豌豆粒被挤得一会儿从左边嘴角，一会儿从右边嘴角撒落下来。终于，拉达吐出了壳儿，随后特拉夫卡也吐了出来；拉达开始用舌头舔豌豆粒，特拉夫卡先尝了尝，突然醒悟过来，也像拉达那样得意地吃起豌豆来。后来它也学会了吃覆盆子、草莓、黄瓜。我之所以能教会特拉夫卡这一切，是由于拉达对我的异乎寻常的爱：拉达嫉妒特拉夫卡把豆荚吃了，特拉夫卡又嫉妒拉达也把豆荚吃了。我认为，如果我在它们之间开展竞赛，它们大概很快连葱头也会吃下去的。

蓝色树皮鞋

　　我们的大森林中要修筑一条很宽的公路。公路将设有轻便汽车道、卡车道、大车道和人行道。修路前，森林里砍伐出了一条通道，从砍伐地远望，可以清楚地看到两堵绿色的森林墙，尽头是天空。砍伐下来的大树运走了，剩下的树枝四处堆放着。有些工厂想把这些树枝运回去烧，可是太多，一下子运不走。这样，一堆堆的树枝就只好被扔在宽阔的砍伐地上过冬了。

　　秋天，猎人们抱怨着：兔子都不知哪儿去了。有的人就把兔子的消失归咎于砍伐森林。砍啊，敲啊，嚷嚷啊，兔子都给吓跑了。当初雪纷飞，根据足迹可以判断兔子去向的时候，追捕能手罗吉奥内奇到我家来说："'蓝色的树皮鞋'都在矮树堆底下躲着呢！"

　　一般猎人把兔子叫"吊眼鬼"，可罗吉奥内奇却管兔子叫"蓝色的树皮鞋"。这也并不奇怪，其实，"吊眼鬼"

也不比"树皮鞋"更像兔子。要是有人说,世上哪有什么"蓝色的树皮鞋",那我可要说,"吊眼鬼"也是没有的。

关于树堆下面有兔子的传闻在小镇不胫而走。一个假日,罗吉奥内奇领着猎人们都聚集到我家里来。

一大早,天刚蒙蒙亮,我们连狗也不带就出去打猎了。罗吉奥内奇是个老手,他能把兔子赶到猎人跟前,比猎犬还在行。当天色稍稍发白,肉眼能分清兔子和狐狸脚印时,我们很快发现了兔子的足迹,跟着追去。自然,它把我们带到约莫有阁楼那么高的一堆树枝前。没错,这个树堆下面准有兔子。于是,我们端起猎枪把树堆包围了。

"动手吧!"我们对罗吉奥内奇说。

"出来吧,'蓝色的树皮鞋'!"他喊了一声,接着把一根长棍子捅进树堆。

兔子没跳出来。罗吉奥内奇着急了,他琢磨了一会儿，神色严肃地察看雪地上每一个细微的痕迹，绕着树堆转了一圈，接着，又绕了一个大圈。咦，哪儿都没有兔子跑出来的痕迹。

"它准在这儿，"罗吉奥内奇肯定地说，"伙计们，你们原地停下来，它准在这儿，没错！准备好了吗？"

"你就动手吧！"我们喊道。

"出来吧，'蓝色的树皮鞋'！"罗吉奥内奇一边喊，一边用一根长棍子在树堆底下捣了三次，这根棍子可真够长的，另一头差点儿没把一个年轻猎人给绊倒。

可是，没有，兔子还是没出来。

这位老追捕能手一辈子还从来没遇到过这么难堪的场面，脸一下子就变绿了。而我们则开始瞎忙活，每个人都按自己的意思瞎猜，用自己的鼻子到处乱嗅，在雪地上转来转去。结果，我们把所有的痕迹全抹掉了，再也无法识破机灵的兔子所耍的花招。

这时，我看到罗吉奥内奇突然面带笑容，满意地在离猎人们稍远的树桩上坐了下来，一边从口袋掏出纸烟，一边向我挤眉弄眼，招呼我过去。

我心领神会，便趁大家不注意时走到罗吉奥内奇跟前。他指着矮树堆那被雪覆盖的高高的顶端让我看：

"你瞧，'蓝色的树皮鞋'跟我们开了一个什么样的玩笑！"他悄声说。

我瞅了半天，才在白皑皑的雪上发现了两个黑点——兔子的眼睛，还有两个更小的点，一对长耳朵的两个黑尖。它把脑袋从矮树堆里伸出来跟着猎人转：猎人往哪儿走，兔子的脑袋就往哪儿转……

只要我一举起枪，这只机灵的小兔子顷刻之间就会丧命。可我觉得就这么开一枪有些可惜，因为躲在树堆下面的笨蛋不会少的！……

罗吉奥内奇心照不宣地朝我点了点头。他揉了一个很硬实的雪团，等猎人们聚到树堆另一面时，便瞄准了向兔子扔去。

我在想象着，要是我们这只普普通通的小白兔突然从树堆上跳起，再往上蹿两俄尺[1]，那么，它会瞬间被撞，飞向雪崖。

瞧，猎人们怎么啦！突然，迎面从天空落下了一只

---

[1] 1俄尺大约为71厘米。——编者注

兔子。顿时大家都抓起了枪,打死它易如反掌,每个猎人都想抢在别人前面打中,自然都是还没瞄准就急急忙忙扣动了扳机。至于兔子嘛,欢蹦乱跳地跑到灌木丛里去了。

"瞧这'蓝色的树皮鞋'!"罗吉奥内奇冲着它的背影赞叹道。

猎人们跟进灌木丛,还来得及抓住它。

"打死它!"一位激动的青年猎人喊道。

可是,就好像为了回答这声"打死它",突然,在较远的灌木丛里一条小尾巴晃了一晃。对这种小尾巴猎人们不知为什么总管它叫"花儿"。是的,"蓝色的树皮鞋"从远处的灌木丛里只向这些猎人们晃了晃自己的"花儿"。

水上漂鱼

太阳映射的亮光，像一张金色的网，在水面颤动着。深蓝色的蜻蜓在芦苇丛和木贼丛中飞舞。每一只蜻蜓都有自己固定的一棵木贼或者芦苇：它从那儿飞走，也一定还回到那里。

疯疯癫癫的乌鸦，刚才领着它的雏鸦飞了一阵儿，现在落下来休息了。

一片小小的树叶，悬挂在一根蛛丝上向河面降落，瞧它旋转着，旋转着……

我乘着小船沿河轻轻地往下游划去。我的小船只比这片叶子重一点点，是用了五十二根树棍搭成的，上面撑着一张帆。

这只小船只有一把桨，这是根两头装有桨叶的长长的棍子，你只要把两头的桨叶左右轮换浸入水中就行了。这样的轻舟不费一点儿力气：只要桨叶碰到水，它就会划行，而且轻到连小鱼都不害怕。

当你乘着这样的小船沿河漂流的时候，你将会把一切尽收眼底。

瞧那只白嘴鸦，它从河上飞过，把一滴白色的石灰质的东西滴入水中。小白点在水面上抖一下，很快吸引了那些水上漂鱼的注意。顷刻之间，在白嘴鸦滴的小点周围，聚集成了一个真正的水上漂鱼的鱼市。

大的长尾巴鱼发现了群集的水上漂鱼，便游了过来，用尾巴在水面上使劲一摔。水上漂鱼被打昏了，肚子朝天。这些水上漂鱼本来可以很快复活，可长尾鱼不是傻瓜，它知道，白嘴鸦往水里滴东西引来这么多的小傻瓜也不是常有的事，它打昏一个，再打昏一个，最后吃了很多。

游得快的鱼逃走了，往后它们会活下来，因为它们有了经验：碰到水上再有那么一滴半滴好吃的，得先朝两边看看，可别有什么家伙从水底下冒出来。

# 柱子上的母鸡

春天,邻居给了我四只鹅蛋。我把它们放到我家那只外号叫"黑桃皇后"的母鸡的窝里。孵卵期过去了,"黑桃皇后"孵出了四只淡黄色的小鹅。它们"叽叽"叫着,口哨吹得和小鸡崽儿完全不同。"黑桃皇后"摆出一副自高自大的样子,蓬起了羽毛,它压根儿不想分辨,像对待小鸡崽儿那样,以母亲般的关怀来对待小鹅崽儿。

春天过去,夏天来了,到处都是蒲公英。小鹅伸伸脖子几乎比它们的母亲还要高了,但它们还是跟着它到处走。有时母鸡用爪子刨地,招呼鹅崽儿跟着它学。可它们只管弄着那些蒲公英,用嘴打它,把蒲公英的团团绒毛打得随风飞扬。这时"黑桃皇后"就朝它们那边瞅一瞅,似乎有几分怀疑。有时它竖起羽毛,一连几个小时"咯咯"叫着、刨着。可那些小鹅崽儿在干什么,只在那里"叽叽"叫着啄食绿草。有时,一只狗想要从母

鸡身边经过，嗬，没门儿！母鸡猛扑过去，把狗赶走，然后瞅一眼鹅崽儿。有时候母鸡一边瞅它们，又似乎在想什么……

我们开始留神母鸡，看它什么时候才能弄明白，这些孩子根本不像小鸡，也不值得为了它们冒着生命危险去和狗斗。

一天，这样的事终于发生了。这是在六月一个晴朗的弥漫着花香的日子。忽然间，阳光暗淡了，公鸡打起鸣来。

"咯咯咯，咯咯咯！"母鸡一边回答公鸡，一边呼唤小鹅崽儿到屋檐底下来。

"天哪，黑沉沉的乌云来了！"女主人们喊起来，三脚两步跑过去抢收晒在院子里的衣服。

雷声轰鸣，电光闪烁。

"咯咯咯，咯咯咯！"母鸡"黑桃皇后"还在固执地叫着。

那些小鹅把脖子扬得好高，就像四根柱子，一个个跟着母鸡来到屋檐下。我们惊奇地注视着四只几乎和母鸡一般高的小鹅，怎样听从母鸡的命令，变成一个个小

东西，爬进母鸡的身下；而它，蓬松着羽毛，在它们上面伸开翅膀遮盖着，用母亲的温暖护着它们。

雷雨很快过去了。

乌云散开了，飘走了，太阳又照耀着我们的小花园。

接着，房檐水也停了，各种小鸟又开始唱起歌，小鹅崽儿在母鸡翅膀下听到这些声音，都想出来自由自在地玩。

"放开我们，放开我们！"它们吹起了口哨。

"咯咯咯，咯咯咯！"母鸡回答。

这意思是说："再待一会儿，这会儿还太凉。"

"还凉呢！"小鹅崽儿叫着，"放开吧，放开吧！"

突然，它们一齐站了起来，扬起脖子，母鸡就像被四根柱子举了起来，离开地面很高，在空中摇摆着。

从此，"黑桃皇后"和它的小鹅崽儿的关系才算彻底结束了。它开始独自走来走去，而小鹅崽儿也单独行动了。直到这时它才明白过来，它可不想再一次被举到那几根柱子上去了。

两只熊

不知为什么,在莫斯科动物园里曾发生过这么一桩事:谁也没有发现雌熊怀了胎,因此没有为它产崽儿做任何准备就让它冬眠了,甚至连干草也没有给它垫上。饲养员们疏忽了。庞大的棕熊鲍列茨已经在墙壁的深洼处给自己安置了住处,而它的牝熊普拉科萨却躺在对面,靠另一边墙壁的露天地面。牝熊普拉科萨给自己选择了一处稍高的地方,虽然是在露天,它也觉得合算:开春化雪,深洼处会进水,鲍列茨就得蹚水过来。在饲养场的中央长着一棵大树,用铁丝拦着,怕熊蹭痒时损坏了树皮。可现在,鲍列茨正面临一场灾难,它拔掉了拴铁丝的所有铁棍,剥下树皮,拖进潮湿的巢穴。它拼命地剥,甚至爬上了树顶,结果从树顶摔到了水泥地板上,受了伤。它用爪子搓着受伤的地方,气冲冲地叫着,但终于还是把最后一批树皮拽进了巢穴,躺在上面。

不久，母熊产崽儿的日子到了。对此毫无准备的动物园管理人员，急急忙忙从上面给普拉科萨扔下来一大捆干草。当然，它很高兴自己有了铺垫的东西，并且很快就在干草上安置好了。而鲍列茨也眼巴巴盯着呢，它慢腾腾地向干草走去。观看的人都很担心，怕鲍列茨会从普拉科萨那里把干草夺去和压死熊崽儿。普拉科萨自然马上就注意到丈夫的举动，而且只准它走到广场的中央。当公熊还往前移动时，普拉科萨突然跳了起来，走过去朝它的鼻面重重地打了一个耳光。公熊倒了下来，用两只爪子捂住受伤的头。这时母熊转过身向熊崽儿走去，卧了下来，可一双眼睛一秒钟也没有从被打的丈夫身上移开。鲍列茨歇息了一会儿，没有站起来，而是匍匐爬行：移动半步就向母熊望一眼，看到禁止的目光就又卧下。它像小偷一样，蹑手蹑脚，半步半步地挪，就这样终于爬到干草跟前。它用顺从和决心麻痹了普拉科萨，使它丧失警惕。母熊由于将鼻嘴插入身体，又用两只爪子捂着鼻面，所以只能一目侧视。这时母熊完全放心了，它终于决定转过脸去，连看也没有看一眼这个掠夺者，就去舔自己的小熊崽儿。正在这时，鲍列茨觉得时机已到，闪电般地跳起，用前爪扯住干草，拽出一把蓬松的干草，高高举到头顶，并用两只后爪飞快地跑回自己的巢穴，把干草垫到潮湿多刺又硬邦邦的树皮上，安安稳稳地卧了下来。母熊，现在你再到公熊那儿试试看，没门儿！

　　被剥光皮的树还在那儿。普拉科萨和小熊崽儿正在原地嬉戏。观众中经常有人发问，为什么熊要剥掉这棵树的皮？有人便讲起了熊的家庭习惯，讲完后得出一个结论："没什么可说的！父亲！这就是父亲！"

机灵的白兔

我们追捕白兔来到一个村子。黄昏时刮起了风,阿戛封·济莫费依奇安慰我们:"不会下雪的。"可他话音刚落,雪就下起来了。"这小雪,一会儿就会停的。"阿戛封说。但雪越下越大了,暴风吼叫起来。"这雪不会妨碍你们的,"主人宽慰我们,"半夜就停了,兔子就会出来。你们沿着雪上的足迹更容易找到它们。不论发生什么事,总会越来越好的。"可我们早晨醒来,大雪纷纷扬扬。我们请主人解释一下,可他给我们讲了很久以前一个牧师的故事。

阿戛封讲道:

那时真有那么个地主,丢了一匹可爱的马,牧师来了对他说:"别伤心,到头来都会好的。"第二天,地主又丢了一匹马,那牧师又对他说:

"别伤心，世上不管发生什么事，到头来还是会好的。"地主就忍着，忍着。终于第十四马也丢了，他吩咐人把牧师找来，想把他痛打一顿，也许，简直就想把他宰了。当时正是春汛时期，牧师在去地主家的路上掉进了水坑，他只好又转回家，在炉子边烘烤衣服。第二天早上，牧师来到地主家，地主的怒火已经熄了。牧师讲了他昨晚到地主家来怎样掉进水坑的事。"你昨天掉进水坑算你运气好。""运气好，"牧师回答，"我不是跟你说过多少次了，世上不管发生什么事，到头来都会好的。"

"你为什么跟我们说这个？"我们问阿戛封。

"你们为什么要抱怨暴风雪？打猎去吧，你们会看到，结果并不坏呢！"

暴雪很快就停息了，但风仍在继续刮。我们总算出门活动了。大家一边穿过田野，一边交谈着，要是我们能轰起一只小白兔，它要是真机灵，就在田野上跑，它身后的足迹马上就会被风刮起的雪覆盖，猎狗就会失去追踪的线索。可谁能猜透它在哪儿呢？也许在我们打死它之前，它会在森林里打转。我们很快走进森林。猎犬特鲁巴契偶然撞到一只白兔便追赶起来，大家都高兴极了：白茫茫的雪地上一个痕迹也没有，兔子在刚落下来没有被踩过的雪上跑，就像白纸上写着黑字一样清楚。大家兴高采烈，彼此讲着那句话："不管发生什么事，到头来都会好的。"并且还跟着跑了一段，直到猎狗站住了，追捕才算停止。我们走过去，看看到底怎么样了。原来小白兔确实不傻，它就像听到了我们的谈话，从森林跑到田野，而它的足迹也被风吹起的雪覆盖了，就连我们亲自绕着田野跑了一圈，也没有找到足迹。我们两手空空回到家对阿嘎封说："喂，你怎么解释这样的事？"

"照我看，这同样是好事，"阿嘎封说，"一只兔子得救了，你们瞧着，来年它会下多少崽儿。世上不管发生什么事，结果总是不坏的。"

火光捕鱼

十月末,库布里亚河水变得透明起来。此时,无论多深的水,水底都一目了然。你能看到荷花怎样开始生长:细细的茎不断向上伸展,它的茎仿佛是绿色的绳子,一片叶子也没有,可只要一长到水面,叶子便立刻在水面绽开,宛如一个盘子。眼下这些叶子已经开始发黄了。

"济诺契卡,你看见过鱼睡觉吗?"我问。

"没见过。"济诺契卡回答。

"真没见过?那好吧,今天晚上我指给你看。也许,我们今天还能尝到新鲜小鱼呢,你想吃吗?"

"要是小鲈鱼就好了……"

"运气好,我们就能尝到小鲈鱼。"

我和济诺契卡来到小仓房,这儿可以从任何一件破烂下面弄到火光捕鱼用的铁器。我告诉她,为什么需要炉子上的薪架,因为我们要把它放到船头支木柴用,等点燃木柴,这薪架就像烛台一样。库布里亚河会闪闪发光,向两岸辐射很远,这时能够看得很深,一直看到河底。

"用渔民的行话,"我告诉她,"这叫作'载火行船',或直截了当地叫'火光捕鱼'。火光无论笼罩哪儿,夜晚的一切都会变得美丽。"

"还有什么?"

"人望着水里,拿起鱼叉准备着,看见鱼停在水面,就猛地一叉,再从水里抽出来。借着火光,还能看见大鱼在叉齿下闪闪发光呢!"

这一夜我和济诺契卡叉到两条小鲈鱼,回家后我招待她吃了鱼。

# 拉达

三年前我在扎维道夫一个军人狩猎组织的林场时，受雇猎人尼古拉·卡玛洛夫建议我去看看他外甥的一只一岁的牝犬光毛猎犬拉达。他的外甥住在守林人的小屋。

那时我正好要给自己物色一条狗。一大早我们就到他外甥那儿去了。我仔细地观察了拉达：它的身子稍显短小，对一个牝狗来说，鼻子也短了点儿，那条像棒子似的尾巴略微粗了些。它毛色出落得像母亲，一条黄色带斑纹的光毛猎犬；而鼻子像父亲，一只黑色的光毛猎犬。这只狗看起来挺好玩：它全身总的来说是明亮的，甚至可以说是白色的，只是带了些黄色的斑点；头上有三个点儿，两个眼睛和一个鼻面，就像三个小黑煤块；小脑袋看起来还挺可爱的，令人愉快。我捉起这只可爱的小狗，把它放在我的膝盖上，对着它的鼻子吹了口气，

它皱了一下脸，似乎微微一笑，我又吹了一下，它试图抓我的鼻子。

"小心点儿！"老猎人卡玛洛夫警告我。

他给找讲了一段他亲家遇到的事：他也像我这样对着狗吹气，而狗抓住了他的鼻子，结果这个人就再也没有了鼻子。假若一个人没有鼻子，这还算什么人！

拉达的主人很高兴，因为我们对狗很满意。他不懂得打猎，很愿意出售这只他不需要的狗。

"这眼睛多灵啊！"卡玛洛夫试图吸引我的注意。

"是个机灵鬼！"他的外甥也让我坚信这一点，"尼古拉舅舅，主要的是你得用鞭子使劲抽它，那它什么都会明白的。"

我和老猎人笑他这个劝告，牵了拉达到森林里去试试它的嗅觉和搜寻能力。当然，我们对它特别温和，它表现得好就奖励它一块油脂，它干得不好最多用手指吓唬吓唬它。在这一天里，机灵的小狗就懂得了我们的全部奥秘；而它的嗅觉大概是卡木比兹大叔训练出来的，简直是绝无仅有。

我们本来可以愉快地返回农庄，要知道，找到这样好的一条狗可不是那么容易的。

"它要不叫拉达多好,叫纳霍特卡(意为捡来的,译者注),真真正正是捡来的。"

就这样,我们俩非常满意地回到守林人的小屋。

"拉达在哪儿?"主人惊讶地问我们。

我们瞧了瞧周围,却发现拉达的的确确没有跟我们回来。它本来是一直跟着我们的,可眼看就要到家了它却好像忽然土遁了。我们不停地呼唤,一会儿温和,一会儿恫吓,可它没有回来,依然没有。我们只好痛心地离开了,主人心里当然也不是滋味。这可真是太不好了,太糟了。我们本来想给主人点儿什么作为赔偿,他没有要。

"我们还打算叫它纳霍特卡呢!"卡玛洛夫说。

"是森林的妖精把它领走了。"告别的时候外甥笑着说。

我们俩离开了主人,在森林里走了有二百步,突然,拉达从树丛后走了出来。这多让人高兴啊!我们自然又转身往主人的小屋走,可刚刚转过身去,拉达突然又像土遁了似的不见了。但是这一次我们没有再找它。我们当然明白：主人打它，而我们对它很温和，带它捕猎，所以它就躲起来了，就这样……当我们往回走的时候，拉达自然又从树后出现了。回家的路上我们想起主人说过的"尼古拉舅舅，你用鞭子使劲抽它，它什么都会明白的"，便哈哈大笑起来。

拉达就这样懂事了。

现在它在我这儿已经度过了四个打猎的季节，不论在森林还是在沼泽，它都干得很出色。但是，它最喜欢的还是猎擒那些肥胖的长鼻子大鹬。捕获这种鸟全在于嗅觉和大面积的搜索。捕大鹬的猎人多极了，必须在最短的时间内尽量多搜索一些地方。我打这样一种手势：沿着地平线挥一下手，拉达就会飞跑起来，圈子越转越远，当它在很远的地方伫立凝视，四处张望，看到我不慌不忙时，它便抓住大鹬卧了下来。我高兴地指给我的客人看，他看到拉达紧挨大鹬卧着，高兴得浑身哆嗦地跑起来。我拉住他的衣袖笑着说："放心吧，放心吧！跟这只狗你不用着急。"

我递给他一支烟，一路上我故意给他讲些有趣的事。

客人打死大鹬，并把这个肥胖的家伙放进了网子里。

他很满意,满意极了,容光焕发。

"这是什么样的狗啊,"他说,"在离主人这么远的距离它可以躺下来等着?"

"就是半俄里,"我说,"甚至一俄里,它也会卧下来等着。有时天气炎热,我不慌不忙地走着,而它等得着急了,开始烦闷起来,便抓住大鹬蜷缩成团卧着,就像一块小白面包。等我走到时,沼泽地已经被它的身体压出水来了,而它卧在水里满不在乎。我惊讶了,笑着对它说:'真像谚语里讲的'放平的石头流不过水去……'"

客人哈哈大笑。

"是条好狗,"他说,"我亲眼看到了,它能在半俄里甚至一俄里以外卧着我也全相信。可是,在鸟面前蜷缩成一个小白面包似的,这个就是打死我,我也不能相信!"

自然啦,我也不愿意承认,因为偏爱,我稍许有些夸张。为了替自己辩解,我引用了一个人尽皆知的猎人的故事——谁都知道这个故事,可谁都乐意再听一次。大概,你也听说过。有一位猎人来到沼泽地,他的狗在大鹬跟前伫立凝视,就在猎人朝狗走去的空当儿,有人给他送来一份电报。猎人什么都忘了,径直向自己的马奔去,过了很久他才想起狗还留在沼泽地上守着大鹬呢,他只好对它置之不理了。过了一年,他带着另外一只狗又到了这个地方,他看到,就在去年那只狗站立的地方,还是那同一个姿势站着狗的骨架,大鹬也死在那里同样变成了骨架。

"你瞧怎么样,"我对客人说,"说实在的,这是胡扯。可拉达因为无聊蜷缩成一团小白面包这……"

"我宁可相信骷髅,"客人说,"也不相信什么狗卧在水里守着鸟等候猎人,缩成个小白面包!"

厉害的狐狸

我们这儿的枞树林里有好多獾洞,在高高的陡岸上全是獾的洞穴,简直像一座獾的城市。一条小河从陡岸下面流过。我记得就在这个地方,已故的叶果·里阿列克赛·米哈伊洛维奇讲过一段他和狐狸的故事。

"这只狐狸,"他说,"经常到同一个地方过夜,离这儿不远。狐狸很少在滑雪板的辙迹上走,所以我便用滑雪板遮盖了所有痕迹,还打着煤油灯修整了一番,只留下一条痕迹不动,在这条通道的口上安上网子,狐狸正好掉进网子,并且拖着网跑进河岸上的獾洞里。我削了一根三俄尺长的钩子,钩住网子往外拽,不知怎么搞的,失足掉下去两俄尺。由于一时气愤,往下掉时我没来得及松开手里的钩子,狐狸被拖出来了。于是它带着网子朝我滑下来,眼看我跟它就要脸对脸啦。狐狸在网子里恶狠狠的,两只眼睛转来转去。我不明白它当时为什么没有伤害我。刀、猎枪，还有钩子什么的，都让我扔到下面去了，我自己也被反方向甩出去，头朝下顺着陡岸跌下去，狐狸拖着网子一直跟在我后面。我们飞呀飞呀落到了水里，在水里我们又是脸对脸。我惊讶，我真的特别惊讶，它怎么就没有伤害我。看来，这只狐狸还挺聪明。"

小鸟和爷爷的毡靴

爷爷米哈伊的那双毡靴,仅是我记得就穿了有十年。至于我出世之前那双靴子已经穿了多少年,我就说不准了。有时,爷爷瞅瞅自己的两只脚说:"毡靴又磨透了,该缝一缝了。"

于是,他从市场上买回一块毡,用它剪一个靴底缝上,他又可以穿上毡靴到处走了,像新的一样。

许多年又过去了。我于是想:"世上的一切都有终结,都会渐渐消亡,唯有爷爷的靴子是永存的。"

曾经发生过这么一件事:

爷爷的两条腿酸痛得厉害,爷爷可是从不生病的,这回他直唠叨,还请来了医生。

"你这是受了冷水的关系,"医生说,"捞鱼这一行你该洗手不干啦。"

"我就是以捞鱼为生的,"爷爷回答,"我的脚不浸在水里不成啊。"

"不浸在水里不成，那你往水里踩的时候就穿上毡靴吧。"医生劝道。

这个劝告对爷爷还真灵，腿不再酸痛了。只是从此爷爷也给惯坏了，只能穿着靴子下河。这样，毡靴经常被河底的小石子磨，很快就坏了，不光是靴底，靠上面一些靴底折上来的地方，也磨出了裂口。

"看来，这是条真理，"我想，"世上的一切都有终结的时候，毡靴也不能没完没了地为爷爷效劳，毡靴也该退休啦！"

人们指着毡靴对爷爷说："爷爷，该让您的毡靴歇歇了，该把它送给喜鹊做窝了。"

哪儿的话！米哈伊爷爷为了不让雪钻到裂缝里，他把靴子放在水里蘸一蘸，再拿到寒冷的地方，靴子裂缝里的水在严寒中冻成了冰，冰就把裂缝给堵上了。可爷爷后来又把整个毡靴蘸了水，靴子上覆盖了一层冰。这下你瞧，这靴子多暖和、多结实。冬天，我亲自穿上爷爷的毡靴越过不结冻的沼泽，一点儿事都没有……

于是那个想法又回到我的脑海：也许，爷爷的靴子真是永远不会终结的。

可是有一回,我们的爷爷生病了。当他不得不走出房间上厕所时,就到门厅里穿上他的毡靴。可回来的时候,他竟忘记把靴子脱在门厅里,让它留在寒冷的地方。爷爷就穿着那双挂了一层冰的毡靴爬上了热烘烘的炉台。

当然,糟糕的还不是靴子上融化的水从炉子上流到装牛奶的桶里,这算不了什么!糟糕的是,这双不朽的毡靴这回可真的要彻底完蛋了。不可能有别的结局!如果在瓶子里装上水,放到寒冷的地方,水冻成冰,冰会把瓶子胀破。而冰在毡靴的裂缝里,绒毛自然被它冻碎、破裂,当冰全部融化后,毡靴就变成了一堆碎渣……

固执的爷爷刚刚养好病,就再次尝试冰冻毡靴,甚至还穿着走了一阵子。但是春天很快就来了,毡靴在干草地上融化了,突然失去它的原形。

"也许,真的,这下真该到喜鹊窝里去歇息了。"爷爷暗自说道。

他出于一时之愤,将一只毡靴从高高的岸边扔到牛蒡草里去,我正好在那里捉金翅雀和别的小鸟。

"为什么只有喜鹊需要毡靴?"我说,"所有的小鸟春天都把毛线头、绒毛、干草往窝里衔呢!"

我问爷爷这个的时候,他正挥着胳膊要扔第二只毡靴。

"所有的小鸟窝里都需要绒毛,还有所有的野兽、老鼠、松鼠,所有的都需要。绒毛对任何鸟兽都是有用的东西。"爷爷赞同道。

这时,爷爷想起那位早就想要靴子的猎人,便说这一只该送给他做子弹的填药塞。于是就没扔,吩咐我把它给猎人送去。

不久,鸟类繁殖的季节到了。各种鸟都飞到下面河边的牛蒡草丛,一边啄食牛蒡头,一边盯着那只毡靴。每一只小鸟都发现了它。到了该造窝的时候,它们从早到晚把爷爷的毡靴撕成了碎片。不到一个星期,整只靴子全被这些小鸟一片片地衔到窝里铺好。雌鸟开始伏在蛋上抱窝,雄鸟则啼叫着。雏鸟在毡靴的温暖中孵化和长大,等到天冷,它们便像乌云似的飞到温暖的地方去。春天它们又飞了回来,很多鸟将会在自己的树穴里、窝里找到爷爷毡靴的残片。就是那些筑在大地上或灌木丛中的小巢里面也有。当碎片从灌木丛落到地上,会被老鼠发现,这些毡靴的残片又被拖到老鼠的地洞里。

在我的一生中,曾多少次在林中漫步。每当我找到用毡子铺垫的鸟窝,就会像小时候那样想:"世上的一切都有终结,都会消失,唯独爷爷的一双靴子是永存的。"

 # 好逞能的喜鹊

我们的一只爱斯基摩猎犬是从比亚河畔来到我们这里的。为了表示对这条西伯利亚小河的敬意，我们给狗起名叫"比亚"。但是，不知为什么这个"比亚"的名字在我们这儿竟变成了"比尤什卡"，然后又把"比尤什卡"叫成"维尤什卡"。我们很少带它去打猎，但它待在我们的汽车旁却是一个忠实的看守者。我们完全可以放心地去打猎，维尤什卡是不会把小偷放进汽车的。

有一次，我们打猎归来，发动汽车准备返程，便放维尤什卡去散步。维尤什卡是一只令人愉快的小狗，大家都喜欢它：两只耳朵像喇叭，一条尾巴像小环，白白的牙齿像蒜瓣。它的午餐是两根小骨头。领到馈赠的食物以后，维尤什卡把环状的尾巴伸开，像狼尾巴那样垂了下来。这在它意味着担心和为了自卫而必需的警惕。我们知道，嗜好骨头的动物在自然界是为数不少的。维

尤什卡拖着尾巴来到草地上，开始啃起了一根骨头，而另外一根就放在它的身边。

这时，不知从哪儿来了几只喜鹊，蹦蹦跳跳，一直跳到狗鼻子跟前。当维尤什卡回过头来盯着一只喜鹊时，另一只喜鹊用翅膀"啪嚓"打了维尤什卡一下，又一只喜鹊也从另一个方向"啪嚓"打了维尤什卡一下，一根骨头被叼走了。

事情发生在深秋，这年夏天孵出的小喜鹊已经完全长大了。这时，它们一窝全部出动，一共七只，它们从双亲那里学到了全部偷窃的本领。这群喜鹊很快就啄光了偷来的那根骨头，算计着从狗嘴里夺取第二根骨头。

俗话说，丑儿家家有。看来喜鹊的家庭也不例外。这七只喜鹊中有一只看起来并不傻，只是好逞能，满脑袋鬼点子。你瞧：六只喜鹊都排列得整整齐齐，摆成了大半个圆圈，互相瞅着，唯独这只好逞能的喜鹊一个劲儿地往前蹦。

"特拉塔塔塔塔！"所有的喜鹊都"叽叽喳喳"地叫起来。

它们这是说："往后跳，应该像大家一样地跳。"

"特拉里亚里亚里亚里亚！"好逗能的喜鹊回答。

它这是说："你们该怎么跳就怎么跳吧，而我想怎么跳就怎么跳。"

于是，好逗能的喜鹊一步步跳近维尤什卡，算计着这只笨狗准会把骨头扔掉向它扑来，而它则趁机把骨头叼走。

可是维尤什卡对它的鬼点子了解得一清二楚。当它斜着眼发现了这只好逗能的喜鹊，它不仅没有扑过去，反而放下了骨头，朝相反方向那排列整齐的半圆望了望，漫不经心地一跳。嘿，你们准会以为，是那六只聪明的喜鹊抢食了吧。

正在维尤什卡回头的一瞬间，好逗能的喜鹊选定了可乘之机，它叼住了骨头，甚至不慌不忙地转到另一侧，不慌不忙地用翅膀拍打着土地，把尘土从矮草下面扇了起来，仅仅再需要一刹那，就可以飞到空中，只要再有短短的一刹那！就在喜鹊起飞的一瞬间，维尤什卡抓住了它的尾巴，骨头也落地了……

好逗能的喜鹊拼命挣脱逃走，而它那长长的五颜六色的尾巴却留在维尤什卡的牙齿里，好像狗嘴里竖起了一柄长长的利剑。

有谁看到过没有尾巴的喜鹊吗？很难想象，这只华丽的、赫赫有名的偷蛋贼被拔掉了尾巴会变成什么样。常有这样的事：乡间淘气的顽童捉到一只牛虻，在它的屁股后插进一根长长的稻草，然后把这只带着长尾巴的大牛虻放走，可怕的恶作剧！那是说的带尾巴的牛虻，而这是没有尾巴的喜鹊。因为牛虻有尾巴而吃惊的人，会因为喜鹊没有尾巴而更加吃惊。那时，这只鸟一点儿喜鹊的样子也没有了。你无论如何认不出它是一只喜鹊，甚至看不出它是一只鸟：它简直就是一个长着小脑袋的五光十色的小球。

没有尾巴的好逞能的喜鹊落在附近的一棵树上，其余的六只喜鹊都飞到它身边，从喜鹊们"叽叽喳喳"手忙脚乱的样子不难看出，在喜鹊的生活中再没有比丢掉尾巴更严重的奇耻大辱了。

淡紫色脖子的鹅

集体农庄有个叫米沙的小孩,有一次,他读了一本关于动物的书。书里那篇关于鹅的故事,他最喜欢读啦!于是他情不自禁地也想写一篇关于鹅的故事。附近就有一个农庄,那儿的小河上常常有许多鹅。

"我要试一试。"米沙说。

他沿着林间的小道去找鹅。农庄庄员奥西波赶着车很快赶上了他。

"我想写一篇关于鹅的故事,请你把我带到河边去吧。"米沙对他说。

"坐上来吧,"奥西波回答,"只是别打盹儿,别忘了把两只手放在车边的木杆上。我们是在森林里走,树干会把手划伤的。"

他想了想又说:"关于鹅,可写的东西多啦。我告诉你一件发生在河上的事。雅可夫的鹅群里不知从哪儿来了四只鹅。他家的鹅都是做了记号的,脖子涂成了淡紫色。雅可夫手不干净:他把河上那四只鹅弄了回来,赶进了自家的院子。他在家拆开了彩色铅笔做成染料,涂在四只鹅的脖子上,这样,别人家的四只鹅脖子也变成淡紫色的了。整整两天,雅可夫照料它们,喂食,喂水,在木盆里给它们洗澡,看样子鹅已经习惯了。可当雅可夫把它们放出去,那几只鹅就都跑到安娜婶婶家去了。一次,两次,它们都是往安娜婶婶家跑,第三次被人们发现了,大伙儿就不让雅可夫再把鹅赶到自己家去。"

"农庄庄员们说:'这几只鹅总往安娜婶婶院子跑,就证明这鹅是她的。'"

"'好心的人们,'雅可夫对他们说,'安娜婶婶的鹅全身都是白的,没有做过记号,可我的鹅脖子是淡紫色的呀!'"

"'原来脖子是淡紫色的!'好心的人们想想就放雅可夫走了。"

"就这些?"米沙问。

"你还要什么?"奥西波说,"事情就是这样:一个关于聪明的小偷和不善于辨别真假的人们的故事。"

"你这个故事到哪儿也没用!"米沙说。

米沙气愤极了,这个荒谬故事中的歪理激怒了他。以致忘记了奥西波的训令,没把手放在大车轴木杆上,结果左手的无名指挤在树干和车辕的中间了。

"没把整只手都给你搓坏就算不错了。"奥西波说。

他在小河里给米沙洗净了那根被挤伤的手指,用破布给他包扎好,嘱咐他赶快回农庄去。

可怜的米沙的妈妈!当她看到儿子满手是血,她吓坏了。还算好,集体农庄的急救药箱里有外敷药水。她用纱布蘸上药水敷在米沙的伤处,然后再用干净绷带把手指缠上,嘱咐他躺在床上。

"不,"米沙回答,"我得马上写一篇关于鹅的文章。"

他把从奥西波那里听来的故事讲给母亲听。

"这事是有过,"米沙说,"可是难道可以写这种卑劣的行为吗?我要写出他应该怎样做。"

"是呀,"母亲回答,"要那样我们这儿的蠢人就满意了,不能那样写。你要写就写他应该怎样做。我现在去躺一会儿,回头你叫醒我,夜里我得给你换绷带。"

米沙写着他的故事,他一点儿也没有感觉到疼痛。

等他写完了，他想起忘记叫醒母亲。他挺满意，一边微笑着，一边给自己那根完好的手指缠上绷带，香甜地睡去了。

"写好了？"早晨母亲问他。

"写好了。"米沙回答，"我没像奥西波讲的那么写，我写他应该怎么做。您记得那个地方吗？就是好心的人们想要阻止小偷的地方？'既然鹅往安娜婶婶家去，那就是说，这鹅是她的。'好心的人们说。'好心的人们，'雅可夫回答，'安娜婶婶的鹅全身都是白的，没有做记号，可我的鹅，脖子是淡紫色的呀！''原来脖子是淡紫色的！'好心的人们说。他们正准备放了雅可夫，突然，在远处的河上也出现了四只脖子颜色发暗的鹅，它们越游越近，终于大家都看清了，这几只鹅脖子也是淡紫色的。它们以鹅所固有的盛气凌人的姿态走上岸来，抖掉身上的水，把长长的紫脖子伸向前面，朝雅可夫的院子走去。"

"雅可夫目瞪口呆，扔掉了手里的长杆，安娜婶婶的鹅也昂首阔步，把紫脖子伸向前方，向它们亲爱的女主人的院子走去。所有在场的都看清了。'小偷！小偷！小偷！'庄员们喊了起来。他们把小偷从集体农庄赶跑了，从那时起农庄里就再也没有小偷了。"

"就应该这样！"米沙自豪地说，"可奥西波却希望在我们的集体农庄，就像在世界上其他地方一样，有狗鱼在河里是为了鲫鱼不打盹儿。"

但是，母亲没有听见米沙讲的故事结尾，也没能高兴起来，她惊愕地望着儿子的手：无名指上的指甲带着渗出来的血已经完全变黑了，完好的食指上却紧紧地缠着绷带。

米沙因为写文章激动得忘记了疼痛，竟给没有受伤的手指缠上了绷带。他真是高兴糊涂了，把食指当成了疼痛的无名指给缠上绷带了。

这就是米沙写成的他的第一个故事。

# 森林医生

春天,我们在森林里漫游,观察会凿洞的啄木鸟的生活。突然,从那棵我们曾经做过记号的有趣的树那边,传来锯树的声音。听说,玻璃工厂在锯伐枯树做劈柴,我们担心那棵树的命运,便急急忙忙向有锯声的地方赶去。可是,已经晚了:那棵白杨已经倒了。在它的树桩周围有许多枞树球果的空壳,这是啄木鸟在漫长的冬天剥食的。它们把枞树果收集到这棵小白杨树上,放在自己"作坊"的两根树枝中间啄食。在树桩附近,两个小伙子正坐在那棵被砍倒的白杨树上休息。这两个小伙子,他们就知道锯伐树木。

"哎呀,你们,真作孽!"我们指着那棵被伐倒的白杨树对他们说,"让你们砍伐枯树,可你们干的是什么事?"

"啄木鸟啄了这么多洞,"小伙子们回答,"我们看了

看，自然得把它锯掉了。反正一样，早晚它是要完蛋的。"

我们大家一起察看这棵树。它完全活着，只是在不大的面积，在长度不超过一米的地方，曾有一只软体虫在树干内爬行过。显然，啄木鸟像一位医生，给白杨树听诊：用自己的喙到处敲着，发现被软虫蛀空的地方，然后进行外科手术，把软虫拔出来。一次，两次，三次，四次……白杨树那不大粗的树干好像一根孔洞上盖着小盖的笛。外科大夫啄了七个洞，一直到第八个洞才抓住了软虫，把它拽了出来，白杨树得救了。

我们锯下了这段树干，这可是博物馆里精彩的展览品。

"看见了吧，"我们对两个小伙子说，"啄木鸟是'森林医生'，它救活了白杨。这棵树本来可以活下去，一直活下去，可你们，把它给锯了。"

小伙子们感到惊讶。

野兽的奶妈

黑貂是一种不大的动物,比猫还要小一些。它只在我们的西伯利亚大森林里才有。在古时,黑貂皮就是钱,它就像金子一样,可以买到任何货物。就是现在,貂皮也是世界上最贵重的毛皮之一。因此,猎人们总是跟踪和捕杀这种小动物,也不管它们将来如何,甚至在遥远的堪察加,黑貂已经开始绝迹了。大概过不了多久,黑貂就会在这片土地上永远消失,就像很多已经消失的野兽一样,我们现在只能在博物馆里看到它们的骨架和模型。

幸好,在苏维埃时代,科学的发展使我们掌握了养貂技术,黑貂已可以人工繁殖。现在在莫斯科郊外的普希金养兽场,黑貂正在成千上万地繁殖生长。

无论是在索洛夫卡、在普希金诺,还是在乌拉尔,我都以极大的兴趣观察过黑貂的生活。我首先注意的是它们内在的极其凶猛的嗜血性格和皮毛松软、灵活、轻盈的外形，犹如谚语里说的"嘴甜手辣"。

有一次在索洛夫卡饲养场观察黑貂的养殖情况时，我对饲养场主任，一位养兽专家说："黑貂要有老虎的一半强大和力量就好了，那样以它的柔软、轻盈、灵活能把所有的老虎都吃掉，就像吃家兔一样。"

听到我这一席话，养兽专家回答："是呀，黑貂是典型的凶残野兽，但是在我们饲养场也有过这么一件不寻常的事情。它说明在生活中即使这样凶残的野兽，对其他种类的野兽有时也能很善良、很温柔。"

于是他给我们讲述了那件确确实实不寻常的事件。

这事发生在索洛夫卡饲养场，大约是在1929年。当时有一只虽老然而风韵犹存的母黑貂慕霞要下小崽儿了，繁殖场的所有人都很激动。

但是他们的高兴没有持续多久。

黑貂常有这种情况，就是老母貂下了一窝小崽儿，而它自己却死了。为了这最后一胎它耗尽了所有的气力。因为黑貂下崽儿的时候不容许人们观察和帮助它，它们不能忍受局外人在场，这就增加了可爱的老貂或是它的后代们死亡的危险性。

我们想了个办法，在它的笼子里安上麦克风，把笼子里的声音传送到养兽专家的办公室里，就像把舞台上的声音传播到观众耳朵里一样。

我们在写字台前面安装了一个扩音器，下崽儿那天，养兽专家坐在桌子后面值班。

夜里十一点从慕霞的笼子里传来最初的呻吟，到了要生的那一刻，从另外一个房间来了几条狗和几只猫，它们都很激动，也很紧张，耸耳倾听着。饲养场的这些狗和猫被夺去了孩子，它们都有很多乳汁，动物很愿意把自己的乳汁排泄出去，哪怕随便喂养什么动物都可以。狗奶妈在这儿喂养狐崽儿，猫奶妈则喂养黑貂。当时那些奶妈狗和猫无声地钻进专家的房间，坐在扩音器对面耸耳倾听。整整一宿，直到早上八点，所有的奶妈原地不动地倾听慕霞怎样长久地舔着它的新生儿，小崽儿怎样"吱吱"叫个不停。

养兽专家把听到的声音不停地记到本子里去。

对母亲来说，一切进行得还算顺利，但是四只新生的小貂全死了。产后的最初一段时间慕霞很虚弱，人们为它的生命担忧，只用那些刚生下来的活家兔喂它。

情况危急的日子过去了,慕霞身体复原了。它开始吃拌有米饭的碎马肉,而且一天天变得快活起来。这时观察者们发现,黑貂的乳汁不知为什么没有消失。人们把这个奇怪的现象告诉了养兽专家,他立刻断定:既然一个母亲这么久还有乳汁,这说明它现在正在喂养着什么。我们虽然把四只死貂崽儿扔了,可也许还会有第五只,母貂一定是把它秘密地藏在铺草下面的什么地方了。于是人们打开笼子盖却惊奇地看到:慕霞喂养的不是小貂崽儿,而是一只家兔,它现在长得已经够大了。慕霞怎样和为什么从它食用的那许多活家兔中给自己选择了一只?我们实在弄不明白。一定是在凶残的黑貂吞食另一只小兔的时候,这个幸运儿抢先吸吮了母貂的乳汁,凶残的母貂就这样哺育了这只啮齿类动物家兔。

后来我问过很多自然科学家,怎么会发生这样的事,怎么可能?

他们都耸耸肩回答:"是啊,黑貂是最可怕的凶残动物,可是在索洛夫卡饲养场却发生了这么一件不寻常的事,这说明即使这样可怕的猛兽也可能非常温柔和善地对待其他野兽的小崽儿。"

世界之春

夜晚,灯光下不知何时飞起了雪花,天空原是晴朗的,满天星斗。新雪覆盖在柏油马路上,简直不像是雪。那些星状的小雪花一片落在一片上,彼此没有挤压。这稀疏的新雪真不知是怎么来的。等我走近拉夫鲁申斯基街我的住所时,柏油马路因为新雪已经变得灰白了。

在六层楼的楼顶上,我感到非常愉快,莫斯科被刚下的雪花覆盖了。那些猫就像山岭上的老虎,在楼顶上到处乱跑,有多少清晰的足迹,就有多少春天的罗曼史。世界的春天,所有的猫都会爬上屋顶。

即使从楼顶下来,走在高尔基大街上,世界的春天带给我的喜悦依然没有离去。在春寒料峭的清晨,太阳的光芒中充满那种中性的介质,当你想闻到某种气味时,你只要随便想一想,就会闻到这种气味。一只麻雀从莫斯科市苏维埃大楼的楼顶上飞下来,把脖子伸进星状的新雪里，在我们走近之前，它在雪里不慌不忙、舒舒服服地洗了个澡。我们走到跟前时它不得不飞走，它的翅膀扇起了周围很多雪花，柏油马路上因此有一顶大帽子那么大的地方变成了黑色。

"看见了吗？"一个小男孩对三个小女孩说。

孩子们望着莫斯科市苏维埃大楼的楼顶，开始等待第二只快活的麻雀飞降。

春天的正午开始暖和起来，新雪在中午之前就化完了，而我的愉快虽已麻痹，但并没有消失，没有！黄昏时水洼刚刚结冰，夜晚严寒的气息马上把我送回到春天以前。

夜幕就这样降临了，但夜晚的淡蓝色的星星不再在莫斯科出现，整个天空渐渐变成淡蓝色。在这新的淡蓝色的背景上，房子里五颜六色的灯罩下闪烁着灯光，这样的灯光在冬天的黄昏是从来不会看到的。

因为新雪融化而形成的一个个水洼上结了一层薄冰，从水洼旁传来孩子们兴奋的喊声，空气中充满孩子们的喜悦。在莫斯科，春天是从孩子们开始的，就像在农村春天是从麻雀开始的，然后是白嘴鸦、云雀，在森林里是从黑山鸡，在河上是从鸭子，在沼泽地是从鹬开始的。

城市里孩子们在春天的呼喊，正像森林里的鸟鸣，反正都一样，我一下子丢掉带着痛苦和流行性感冒病毒的破旧衣服。真正的流浪汉在初春的阳光里，的确常常在路上扔掉自己的破衣裳。

所有的水洼很快都结了冰，我用脚在一个水洼里试探性地踢了一下，玻璃般的冰块以一种特殊的"德嘞""德嘞"的响声碎裂，冰水四处飞溅。这本来是毫无意思的，可就像诗人推敲韵脚似的，我开始在心里重复这种声响，添上适当的元音：德拉、德利亚、德里、德里安。然后突然从这个毫无意思的德里安，出现了一个我喜爱的女神德里安娜（树木、森林女神），接着是德里安吉亚，一个令人向往的国度——清晨在星状的新雪中，我就开始了去那儿的旅游。这竟然使我如此兴奋，以致为了试试它的韵律，我好多次出声地重复着，对周围的人丝毫没有在意："德里安吉亚。"

"他说什么？"走在我后面的女孩问一个同伴，"他说什么？"

这时，所有的男孩和女孩都从另一个水洼跑来，赶上了我。

"您刚才在说什么?"他们一齐问我。

"是啊,我是说:'玛拉亚·波伦纳亚大街在哪儿?'"我回答。

我的话太让他们失望了:原来我们正好就站在玛拉亚·波伦纳亚大街上。

"我觉得您说的完全是另外的什么话。"一个较小的女孩说道,投来狡黠的目光。

"不,"我重复着,"我要找的就是玛拉亚·波伦纳亚这条街,我去看望住在36号的一位老熟人。再见了。"

他们围成圆圈站着,很不满意,大概现在正在议论这个怪现象:明明听着是"德里安吉亚",怎么竟是普普通通的玛拉亚·波伦纳亚!

我离开他们相当远的距离,停在路灯下大声喊道:"德里安吉亚!"

听到我喊第二声以后,孩子们深信不疑,他们向我跑过来,友好地喊着:"德里安吉亚!德里安吉亚!"

"这是什么意思?"他们问。

"自由的斯万人的国家。"我回答。

"他们是什么人?"

"这个嘛，"我开始平静地给他们讲述，"这是些个子不很高，但武装得很强大的人们。"

我们走到少先队池塘旁的古树下，大而暗淡的路灯，像月亮一样从树枝缝隙照着我们。池塘的边缘结上了冰。

一个小女孩想站到冰上去，冰发出破裂声。

"你想一头扎进去！"我喊道。

"一头扎进去？"她笑起来，"我怎么会扎进去？"

"一头扎进去，一头扎进去！"孩子们重复着。

被"一头扎进去"诱惑的孩子们都奔到冰上去。

一切顺利结束，谁也没有一头扎进去。孩子们又出现在我面前，就像对老朋友一样，央求我讲德里安吉亚那些强大的小人的故事。

"这些人，"我说，"他们总是两个人在一起，一个人休息，另一个人则把他放在小雪橇上拉着走，所以他们的时间不会白白过去，不管发生什么事情，他们都会互相帮助。"

"他们为什么要武装得那么强大？"

"他们应不应当保卫自己的家园免受敌人的侵犯？"

"他们为什么要在雪橇上？他们那儿总是冬天吗？"

"不，他们那儿就像现在我们这儿一样，没有夏天，也没有冬天，那儿的世界是永恒的春天。脚下的冰"咯吱"作响，有时脚陷了进去，这时，可怜的斯万人就会掉入冰下，其他人立刻就会搭救他们。夜晚，淡蓝色的星星不会在那儿闪烁：天空是那样蔚蓝和明亮，一到晚上，所有的窗户内都亮起了五彩缤纷的灯光。"

　　我给他们讲的正是莫斯科的春天，犹如此刻的情景。而他们之中没有一个人猜到，我所说的醉人的仙境德里安吉亚就在莫斯科，而为了保卫这个德里安吉亚我们很快就要奔赴前线。

黑桃皇后

当母鸡蔑视危险扑过去保护自己的小鸡崽儿的时候,它是不可战胜的。只要我的特鲁巴契用上下颌骨轻按住它,就能把它干掉。可是这只跟狼争斗时能够保卫自己的大猎犬,却垂下尾巴从这只普普通通的母鸡身边跑开,回自己的狗窝去了。

因为它在保护自己的孩子时所表现出的家长式的愤怒,因它的嘴和头上的长矛,我们把这只抱窝的黑母鸡叫作"黑桃皇后"。每年春天我们都要让它孵野鸭子蛋(这些野鸭是为打猎用的),它趴在蛋上,给我们孵出代替小鸡崽儿的小鸭崽儿来。今年因为我们没有照看好,那些刚出壳的小鸭崽儿过早地跑到冰冷的露水地里,浸湿了砂囊,结果一只接一只地死去了,只剩下一只。家里的人都发现,"黑桃皇后"今年比往年还要凶狠一百倍。

这是怎么回事呢?

母鸡难道还会因为小鸭崽儿代替了小鸡崽儿而感到屈辱？我想不会的。既然它没怎么注意就趴到蛋上，那它就不得不一直趴着直到小鸭崽儿孵出来，然后应该照料这些小家伙，应该保护它们免受敌人的袭击，应该把一切都进行到底。然后它领着它们，甚至不允许自己用怀疑的眼光望着它们："这是小鸡崽儿吗？"

不，我考虑这个春天"黑桃皇后"气愤不是因为受了骗，而是因为小鸭崽儿都死了，它为这唯一的一只小鸭崽儿的生命格外操心。这是很明白的，所有的父母都是这样，当他们只有一个孩子的时候，他们也是特别操心……

可怜啊，可怜我那只白嘴鸦！

一只白嘴鸦翅膀坏了，它来到我的菜园，开始习惯于在地上过着对鸟类来说非常可怕的没有翅膀的生活。它已经能听到我喊"小白鸦"就跑过来。可是有一次我不在家，"黑桃皇后"怀疑它侵害它的鸭崽儿，就把它撵到菜园外面去了。这以后白嘴鸦再也没有来过菜园。

别说白嘴鸦，就是我那只心地善良已经老了的长毛猎犬拉达，要出去大小便还得不时从门里往外瞅，而且要给自己选择一个可以不受母鸡侵犯的安全的小地方。

虽然特鲁巴契可以和狼争斗，但它也从不走出狗窝，因为它不想用自己敏锐的目光侦察路上是否空着，那只可怕的黑母鸡有没有在附近什么地方。

不要说狗了，就算我这么一个大活人又能怎么样？前几天我带着六个月的小狗崽儿特拉夫卡出门去散步，刚一转到谷物烘干房后面，就看见小鸭子站在我面前，老母鸡不在附近。我想象它那副可怕的样子，同时想到它将会啄坏特拉夫卡的眼睛，吓得撒腿就跑。事后我感叹自己真是幸运。想想看吧！我从老母鸡那儿逃脱了，多么幸运啊。

去年，这只怒不可遏的老母鸡还干了一件大事。那时，我们这儿草地上的干草已经在微寒下朦胧的夜晚开始收割了。我想让我的猎犬特鲁巴契稍微遛一遛，让它在森林里追小狐狸或者兔子。在茂密的枞树林里两条绿茵小道交叉的十字路口，我给了特鲁巴契暗示。它马上钻入树丛，赶出一只年幼的灰兔。它可怕地吼叫着把灰兔赶到绿茵小道上来。这时的兔子是不能用枪打的，我没有带武器，准备享受几个钟头最能取悦猎人的乐曲。但是，在林子附近，狗突然像是被针刺了一下，停止追逐了。特鲁巴契很快回来了，垂头丧气地夹着尾巴。在它浅黄色的斑点毛上，有一块块血迹，就像在黄色的斑纹上涂上了胭脂。

谁都知道，狼只要在田野里能抓到羊，它是不会碰狗的。可如果不是狼，那特鲁巴契为什么浑身是血，还这样少有的狼狈不堪？

我头脑里产生了一个很可笑的想法，我想象在所有这些胆怯的兔子中出现了世界上绝无仅有的一只勇敢的兔子，它感到见了狗就跑实在太惭愧了。"最好和它拼了！"勇敢的兔子转身径直向特鲁巴契扑过来。当庞大的狗看到兔子朝它跑过来，它吓得回转身来忘乎所以地跑起来，树枝撕破了它背上的皮，鲜血直流。这样特鲁巴契就被兔子赶到我这儿来了。

这可能吗？

不，我认识一个怯懦的人，当人们极其严重地侮辱了他，他站起来，瞬间消灭了自己的敌人。但是……那是人，可没见过兔子有能耐做这样的事。

我沿着灰兔跑开的那条绿茵小道，走出森林来到草地。这时我看到割草的人笑着谈得挺热闹，一看到我就喊我快点儿过去，就像心里充满了欢乐需要轻松一下似的喊道："这是什么事啊！"

"什么事呀？"

"啊，啊呀……呀！"

他们异口同声地说着同一件事，让你什么也弄不明白，从农庄庄员们的喧嚣声中听到的只有："这是什么事！这是什么事呀！"

原来是这么回事：幼小的灰兔从森林里跑出来顺着小道往烘干房疾跑，特鲁巴契（它是只善跑的英俄杂交种猎狗）伸直了身子在后面紧追。它曾经在这块空地上追上过一只老兔子，所以追小兔子嘛，那真是轻而易举。灰兔喜欢跑到林子附近来，钻进草垛、麦秆垛或是烘干房，躲避猎犬的追逐。特鲁巴契在烘干房附近追上了灰兔，割草的人们看见，在烘干房转弯处它张开了嘴就要咬住小兔子了……

在决定胜负时常有这种情景：所有的牌都出光了，只剩下一张，这时精神一旦萎靡往往使人甘愿向对方交牌认输，其实这就错了。应当坚持到最后，因为可能"柳暗花明又一村"呢。有时对方算好了牌，甚至把握了最

后三张取胜的牌:

打出了一个3!

3赢了!

7!

7赢了!

A!

不对!不是A,是黑桃皇后!

瞧,割草人亲眼看到了这一切!

特鲁巴契本来眼看就要咬住灰兔了,可突然那只黑母鸡从烘干房里直冲着狗眼睛飞来。狗转身就朝后跑,而黑桃皇后用它的长矛一般的嘴在狗背上啄呀,啄呀。

事情就是这样!

这就是为什么浅黄色斑点上像是涂上胭脂似的染上一块块血迹:一只普普通通的母鸡啄伤了一只猎犬。

马蹄

大约十二年前,也就是1926年,我来到了赛尔吉耶夫(现在叫扎果尔斯克)。在那里,我为了找房子费了好些日子,谁愿意把房子租给我这个带着五只猎狗的人呢。我不得不购买了一座带有一片空地的小房子。我的右邻塔拉索夫娜饲养山羊,左邻住着一户剥死兽皮的人家。人们把那些老了或是伤残了的马送到他那里,他把马宰了,马肉自己享用,毛皮给主人,而骨头则陆陆续续喂了别人家的狗。(这个职业现在早就没有了,邻居已经在屠宰场当了看门人。)我们几家之间没有任何栅栏,大部分被狗啃过、经过风吹雨打而发白的骨头都扔在我家的地段上。塔拉索夫娜的那些山羊常到我的地段或是屠夫家的地段来吃草,我的凶恶的猎犬常常欺侮它们。因为这些山羊和猎狗,邻居间的关系很紧张。没过多久,我便在我的区域四周围起了槲木栅栏,把骨头扔了出去,将土地开垦了，羊和狗也分开了。那时我养着这样几只猎狗：亚利克爱尔兰猎犬，肯达德国种有波状长毛的猎犬，肯达的孩子一岁的狗崽儿涅尔里、杜别茨，还有善于追捕野兽的"夜莺"。这几只狗在我圈起来的地段自由自在地散步，有时刨出一些马骨头，它们就忙于这些骨头，争来抢去。我发现它们有骨头，赶快抢过来，扔到栅栏那边邻居的地段去，这样多少改变了过去那种凌乱的局面。后来我们买来了一只公鸡，这下可好了，公鸡一打鸣，我们的屋子就开始热闹起来。

  春天、夏天和秋天的狩猎间隙，我坐在菜园里篱笆附近唯一的一棵椴树下的小桌上写我的文章。这张小桌的四只脚是埋在地下的，小桌上面悬挂着一架秋千。写一会儿，我就翻一会儿筋斗，把身子向上拔起来，接着，再给黄瓜浇浇水，喝杯茶，然后又接着写。生活像我希望的那样进行着，但有一点儿不大好，就是这几条狗对我的写作妨碍颇大。毫无疑问，我成了吸引它们的焦点。它们在我周围玩耍打闹，掀起一阵阵尘土。我本该把它们轰走，然而不知怎的，我总是不能制服这些朋友，甚至有时看着它们玩耍比我写作还有意思。它们掀起的浓密尘土令我窒息。争吵时受了委屈的狗会蜷缩在我的膝前，我得评判谁是谁非，处罚有错误的狗。我这样做的缺点是忽略了几条狗之间的关系，使它们变得凶狠了。这一点严重影响了我的工作。

有一次发生了这样一件事：

肯达在离菩提树不远的地里刨出了一只马蹄。马蹄早就被啃光了，没有任何可吃的东西，完全是一个光秃的马蹄，带着一块生了锈的马蹄铁，上面还挂着钉上去时就打弯了的马钉。我看到这样的垃圾本想从栅栏上给邻居扔过去，但聪明的肯达把可怕的眼神投向我，它用迷信的恐惧的眼光瞅着这只风吹日晒陈腐了的马蹄，就像小孩或是愚昧的成年人望着一件自己不明白的东西。肯达的举动引起了其他几只狗的注意，它们缓慢而小心翼翼地向它靠近。肯达看到那几只狗离自己已经不远，便露出牙齿吼叫起来。狗群在原地呆住了。肯达迟疑了一会儿，把嘴张到让我都感到可怕的程度，咬住了马蹄，爬到我的小桌底下，以狮子的姿势卧下来。马蹄就在它的两只前爪之间。其他的狗像被施了催眠术似的慢慢向小桌移动，到了它的视线看不到的地方，形成了半包围圈，卧在那里注视着马蹄。它们的姿势就像是被发掘出的财宝的享有者。可是，只要其中一条狗稍稍向前挪动一下，超过规定的界限，肯达就要凶狠地嗥叫，边境破坏者只得垂下尾巴，重新退回原地。

很快我便深信，我书桌周围的这种宁静的局面不是偶然的，也不是暂时的。虽然是一只被啃光了的马蹄，然而狗与狗之间的气氛却是太糟糕了。由于肯达一开始就不照顾别的狗，内讧已经不可避免。不过，肯达终于独霸了马蹄。唉，其实这只不过是一块普普通通啃光了的而又被风吹雨打太阳晒的骨头罢了。也许，蹄子这样的物质会发出一种特有的令动物垂涎的气味，甚至在狗牙齿尚未碰到前，鼻子已经嗅到了。正是由于这种"精神"气味，在一片寂静和无限延长中肯达实现了对其他几条狗的统治权。

我的狗对上帝的存在没有丝毫怀疑，这个上帝就是我。世界上的一切事物包括马蹄都是我创造的。既然是上帝给的，上帝也可以拿回去。于是我撂下手里的工作，捡起地上的马蹄随身带着。第二天，我把马蹄装在一个自己编制的小箱子里，和我那些纸呀、书本呀，一起带在身边。我不让任何一只狗感到委屈，我让它们挨个儿掌权，我依次选好了最高当权者，让它卧在桌子下面我的脚旁；其他所有的狗也都秩序井然地形成半圆卧在小桌旁边，摆出那种狮子般的姿势；这种姿势可以瞬间跳起来，从目瞪口呆的肯达那儿把马蹄抢过来。这样安排好了以后，我便打开我的宝箱，把财宝取出来，轮到的幸运者开始掌权了，而我在这样的宁静中写我的关于动物习性的故事。

十二年过去了，我所有的狗——亚利克、肯达、涅尔里、杜别茨，还有"夜莺"，我都写过。大多数书是为成年人写的，为孩子们写的书已经出售一空，有些书已开始越过国境。不仅如此，我经常可以遇到那些以我的狗的名字给自己猎狗命名的猎人。有多少封充满友谊的信，就有多少朋友。这一切自然都很好，只有一点不好：我写过的这些狗没有一条还活在世上。它们为我和人们之间建立了友谊就永远地消失了。肯达死于心脏病，继它之后不久，涅尔里和杜别茨也突然死于同一种遗传的疾病。"夜莺"死了，只有最好的追捕能手才能有它那样的死：在追捕一只狐狸的过程中，瘫痪攫住了这只老猎狗。至于亚利克的死，我到现在还感到沉重。我的猎狗就这样死去了。那个宝箱里留下的只有编织粗糙的小盒子，马蹄不仅丢了，我甚至都把它忘了，十之八九是我的家人中不知谁清理我的废品时，把那个破玩意儿扔到污水坑里去了。

最近我常坐在我家的菩提树下，就在过去那张小桌子旁。四个月大的光毛猎犬奥斯曼，毛色黝黑光亮，跟它的妈妈拉达，还有西伯利亚爱斯基摩犬比亚在忙碌着。有时甚至那只特别善跑的英俄杂交猎犬特鲁巴契也加入这种忙碌中。空气里尽是尘土，简直无法呼吸。突然，游戏停止了，拉达开始刨起来，两只前爪不停地工作；它的儿子奥斯曼可笑地模仿它，而其余的狗莫名其妙地站着。就在那儿，拉达也带着肯达当年有过的奇怪表情望着下面，并且威胁似的露着牙齿吼叫着，把别的狗都赶开，只有奥斯曼一个不听它的，为此它大声申斥，委屈地吼叫着跑到我跟前。

一只带着马蹄铁的马蹄又一次被刨出来，呈现在光天化日之下。我自然照旧把它放在编织的小盒子里，每天指定不同的狗轮流当最高统治者。在这个宁静的小圈子里,我写我新养的这几条狗。但是我得承认,我总觉得欠缺点儿什么。当然,我的爱犬肯达是永不会再回到这儿了,只有现在我才真正懂得老猎人们的体会:对于一个猎人来说,真正的猎犬只有一条。这时,有人敲篱笆门。要是肯达活着,这个时候听到了敲门声,难道它会跑到大门跟前去,而置神秘的宝贝于不顾?不,它肯定是以吠叫来回答敲门声。可拉达这时慌忙飞跑到大门跟前,还让所有的狗都跟着它。我只来得及抓住了跑得最慢的奥斯曼,用手指着马蹄,是想让它明白:这会儿一条狗都没有,它可以轻而易举地掌握统治权。我津津有味地想象着,这只小奥斯曼将要在马蹄的帮助下统治那些比它大的狗。奥斯曼明白了我的意思,悄悄走了过去,可是想起不久以前为了这只马蹄所受的皮肉之苦,它停了下来。奥斯曼蹑足而行,寻思不管怎样要安全到达,哪怕鼻子先闻一闻,要是不可怕就留下来,要是不妙,赶快逃走。

"前进!"我命令它。

它向前走了一下。

"勇敢点儿！"

它哆嗦起来，尽量把身子伸直，看来，它的鼻子已经闻到了我们所难以闻到的马蹄味，这种特殊的气味吸引了它。突然，它停了下来，夹起尾巴往后跑，躲到高高的马铃薯丛后面去了。

群狗转了回来。拉达开始寻找马蹄，可是我已经结束了工作，把宝贝又放进了小盒子。当奥斯曼从恐惧中清醒过来，便从绿荫中伸出头狂吠起来。

地形侦察员"夜莺"

如果不是为了收集猎人们的书信的完整档案，证明他们对我的信任无误，说什么我也不会讲述我的猎犬"夜莺"引发的惊人事件。这是追捕野兽的猎犬在侦察地形时，令人难以置信的绝好记忆力的典范。

事情发生在扎戈尔斯克郊外。

一个浓重的雾天，一只狐狸不停地转着不规则的圆圈，不管我们怎么跟它斗，都不能让它稍稍站一会儿。天渐渐黑了，我在灌木丛的一片阴影的隐蔽下放了一枪，但没有击中。狐狸逃跑了，而"夜莺"在它后面不远处默默地穷追不舍。

我们等候"夜莺"几乎等到半夜，还是没有等到。回到家后，我们把小院的门给它留着。这种事过去是常有的，"夜莺"夜里回来，就会钻进它温暖的狗窝。

第二天早上，大家醒来往院子里一看，都呆住了：

在狗窝附近只有带着解开脖套的铁链子一动不动地躺在那儿。

只有这一次，唯一的一次有打猎能手参加的狩猎显得很难堪。最好的能手不用你说，他们在你还没打中野兽之前是不会放开猎犬的。这种事发生多次了。有一次天快黑了，你都没能稍稍站一会儿，狗还没回来，然后，你一边往回走，一边悄悄地环视四周，你还在等候，吹起口哨，嘴唇冻僵了，嗓子发干，可是没有，还是没有。第二天早晨你早早起来，走到田野，穿过田野朝森林望去，这时你会发现，大约很远的地方有一只喜鹊，细细的，像一根火柴，落在白桦树上，头冲下尾巴冲上。这就是说，下面有动物的尸体，有谁在尸体上待着，不让喜鹊下去。而喜鹊在等着这家伙吃饱了腾出地方来。

"是不是狼？"

你朝那儿走去，可是田野很辽阔，你懒得走，于是你吹起口哨：如果是狼，听到口哨声就会跑开，喜鹊就可以从上面飞下来。我吹呀，吹呀，可喜鹊还是待在树上往下看，这就是说，不是狼，那就有希望了。

你再吹一会儿，从沟壑里露出多么熟悉的脑袋，对

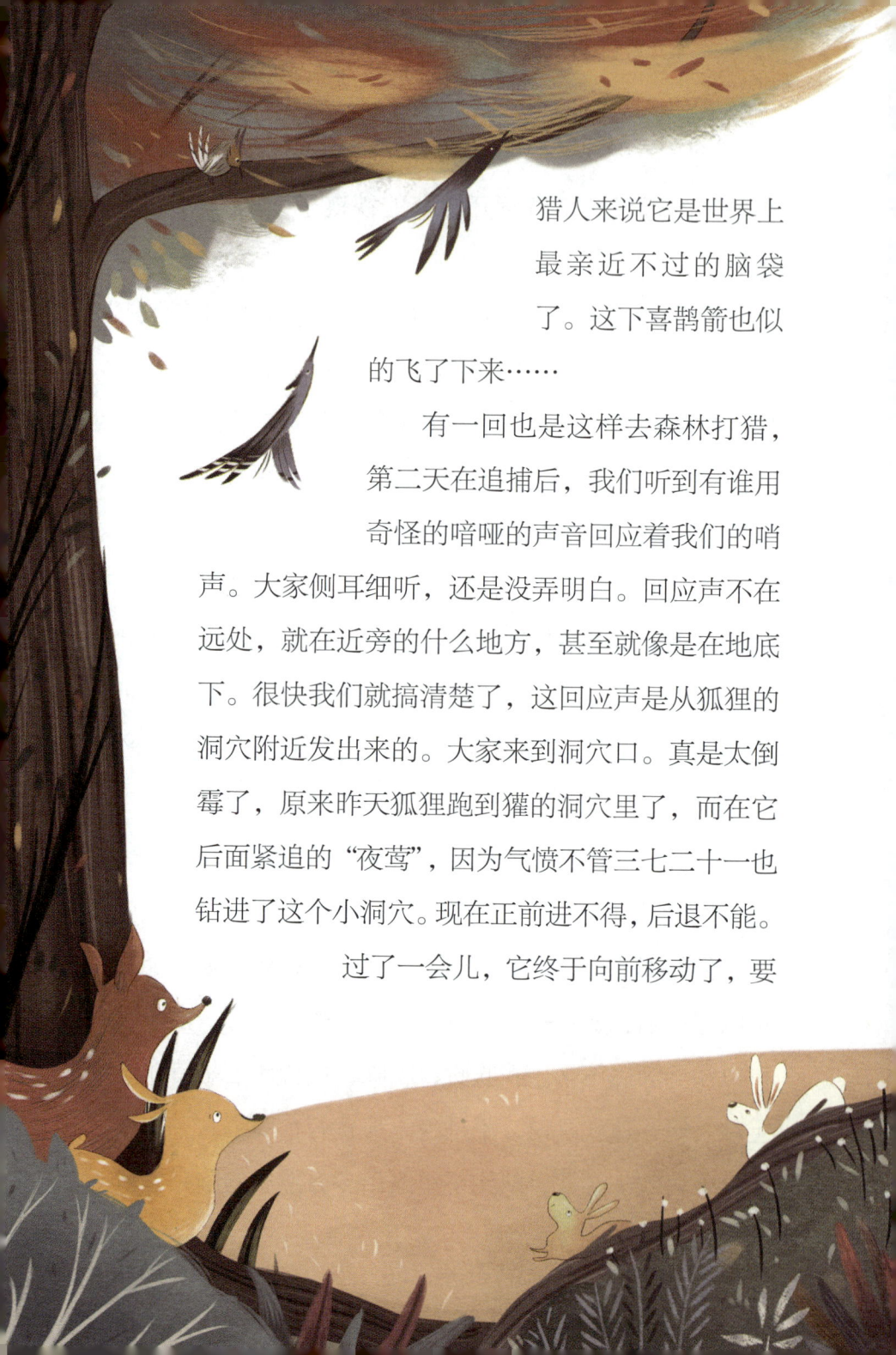

猎人来说它是世界上最亲近不过的脑袋了。这下喜鹊箭也似的飞了下来……

有一回也是这样去森林打猎,第二天在追捕后,我们听到有谁用奇怪的喑哑的声音回应着我们的哨声。大家侧耳细听,还是没弄明白。回应声不在远处,就在近旁的什么地方,甚至就像是在地底下。很快我们就搞清楚了,这回应声是从狐狸的洞穴附近发出来的。大家来到洞穴口。真是太倒霉了,原来昨天狐狸跑到獾的洞穴里了,而在它后面紧追的"夜莺",因为气愤不管三七二十一也钻进了这个小洞穴。现在正前进不得,后退不能。

过了一会儿,它终于向前移动了,要

不然大概得冻死。这样它慢慢暖和过来，夜里不断向前移动，离出口也就剩下那么半米来长了，但糟糕的是这个出口被白桦树的树根给塞住了。

狐狸一溜儿过去了，可"夜莺"却卡在那儿了，要不是听到它回应我们的嘶哑的呻吟和嗥叫，它很快就完蛋了……

现在言归正传。

就在我们刚一看到，在狗窝旁一动不动地躺着那条脖套打开的铁链时，大家马上明白了谁应该上哪儿去：谁去森林，谁去民警队。应该去找狗啊！

第一天就这样过去了。第二天，关于我那只在各个地区知名度都颇高的狗失踪的消息，在全市不胫而走。我们家的门槛都要被踩断了。时常有人来报告："快去吧，你们家'夜莺'在街上遛呢。"可我赶去一看，根本不是"夜莺"。

于是，我的工作也停了下来，饭也不想吃，觉也睡不着，一门心思只想找狗，生活中少了这样的狗，简直没劲透了。

突然，从瓦西里耶夫斯克来了一位意想不到的客人伊里亚·斯塔洛夫，手里用皮带牵着"夜莺"。

这里我不得不请求你们相信这件难以置信的事。

一年以前，仅有的一次，我与伊里亚·斯塔洛夫在一起打过灰兔，他们村子距扎戈尔斯克有 18 俄里。

我们在瓦西里耶夫斯克打了两天灰兔，晚上在伊里亚·斯塔洛夫那儿过夜。我记得很清楚，油脂燃着，孩子们躺在油脂旁，"夜莺"也伸直了身子和孩子们并排躺着。

从那以后，我们再也没有去过瓦西里耶夫斯克。过了一年，"夜莺"追捕狐狸到了瓦西里耶夫斯克村外，或者把狐狸一直追到洞穴，想起了瓦西里耶夫斯克村，在那儿找到了伊里亚·斯塔洛夫的房子，躺在了棚里的干草上，早上伊里亚·斯塔洛夫在棚子里看到了它。他没有当天就把"夜莺"送回来，是因为"夜莺"的爪子踩不到地上了。

森林之主

蜘蛛网

大多数孩子在森林里总是竭力展示自己对大自然的主宰权：折断树枝、点燃树上的树脂、往活着的树干上钉钉子、捣毁鸟窝。我们应该考虑到在少先队夏令营的监督之下，夏令营周围森林的保护问题。

但是我以为，发现森林遭受破坏时，不应该完全归罪于孩子。我们都曾经做过孩子，大家心里都明白，童年时是多么想成为森林的主人，有权主宰大自然中的一切生物。这是主人翁的感情，依我看小孩尤其如此，这是一种天赋的感情，非常好。糟糕的是，每个小孩只从自己的兴趣出发，想要成为大自然的主人。因此，对社会来说便成为残酷的破坏者。所以我们的愤怒不应该完全冲着孩子们，教育者也有很大的责任。他们应当把孩子们这种自发的、健康的、天赋的主人翁感情，变成对社会有益的感情，让孩子们习惯于把自己看成是社会的主人，真正拥有有效地支配大自然的馈赠的权力。

旧时代的教育者，想要以仁慈性来减轻俨然是大自然的主人这种固有感情的残酷性（"鬼可怕，而神仁慈！"），这种伤感性的教育一点儿好处也没有。真的，森林也并不只需要种植，同时还需要砍伐。任何一片成熟的森林都正在走向老化，由于虫害和火灾森林会走向死亡。因此，最好是我们能获得它，而不让它陷入火中，或者因为虫子而倒塌……所以，我们毫不怜惜地把它砍掉；同时，按照可行的计划种植各类作物，应该铲除森林，开垦土地。就像力量和恻隐之心，就像对生命的关注，残酷性必然注入主人的感情。教育者必须教会我们理智地利用这些情感。不过我想，从远古起在生活中已千百次出现这种思想，一个精神正常的人，即便没有专门的人教导，他也会在生活中经常体会到的。

我现在来讲讲我是怎样在生活中找到了这样的思想。关于这一点以后我还要经常讲到。我要讲那次我像个小学生一样一步步深入森林，而走出森林时我却有了像老师一样的体会。我将讲述我每日在森林中的发现，尽管是些微不足道的事，但它是鲜活的，并且成为促使我言行无误的启迪。

那是一个晴朗的日子，阳光照亮了森林的阴暗角落。我沿着狭窄的林间小路朝前走去。小路两侧的树有的从一边弯向另一边，一棵树用自己的树叶向对面的另一棵树悄悄私语。风很轻柔，但总归是有风，因为头顶的白杨树沙沙作响，而下面的羊齿蕨像往常一样自尊自大地摇晃着。突然我发现，从小道的一边到另一边，从左向右，不停地飞过一些纤细的"火箭"。我像平时一样把注意力集中在火苗上，很快发现火苗的移动是由于从左向右吹来的风。我还发现枞树上的嫩芽，从自己橙黄色的包皮里伸出来，风把那些不再需要的包皮，从一棵棵树上吹下来聚成一大片。枞树上的每一片嫩芽，都是裹在这种橙黄色的包皮中长成的，现在，有多少嫩芽就有多少包皮在飞舞，真是成千上万……

我看到这些飞舞的包皮中，有一片与正在飞来的"火箭"相遇，突然在空中挂了起来，而"火箭"此刻则消失了。这时我恍然大悟：包皮是挂在我看不见的蜘蛛网上了。这个想法促使我走近蜘蛛网，于是我完全弄明白了"飞箭现象"是怎么回事：原来是风把蜘蛛网吹向阳光，闪烁的蛛丝因为阳光好似燃起的火，看起来就像是一支支箭在飞。只有这时我才明白，穿过小道的蜘蛛网有那么多，就是说，我走路的时候在不知不觉中就会把它弄断，断成千千万万根蛛丝。我认为我本来有一个很重要的目的：在森林中学习，成为它真正的主人，我有权弄断所有的蜘蛛网，让森林中所有的蜘蛛都为我的目的工作。但是，我不知怎地宽恕了这根被我发现的蛛丝，要知道，多亏它上面挂了一片包皮，才帮我解开了飞箭之谜。是我太残酷了，弄断了成千上万蜘蛛网？根本不是！我并没有看见它们，我的残酷性是我的身体造成的。如果为了搭救蜘蛛网，我弯下我累伤的背，那我就很仁慈吗？我没考虑。在森林里我是一个小学生，如果可能，我最好什么也别碰。我将聚精会神地行动，以便搭救那些蜘蛛网。

森林之主

我要讲的是在一个晴朗的日子，也可以说是在森林中下雨之前发生的事。四周一片寂静，充满了等待第一滴雨水降落的紧张气氛。每一片树叶，每一根小针叶都力求成为最先抓住第一滴雨水的幸运者。这时的森林，仿佛每一个最细小的木质都做出自己独特的表现。

我就是在这个时候向它们走去的，我感到它们就像人一样，都把脸转向我，傻瓜似的对着我，就跟向上帝祈求雨水一样。

"喂，来吧，老人家，"我对雨下命令，"你真让我们大家着急，要来就快来吧，快下吧！"

可是这一次，雨没有听从我的命令。这时我想起我的新草帽：雨就要来了，可我的草帽丢了。我一边想着草帽，一边望着一棵不寻常的枞树。它当然是长在阴暗处，树枝有时会垂到下面来。现在经过有选择的砍伐，它才显露在明亮的光线中。它的每根枝条开始从下往上长，大概随着时间，下面的树枝本来可以渐渐抬起来的，可现在这些与土地接触的小树枝，已经生出了纤细的根，扎在了土里……

于是，在这棵树枝抬起来的枞树下面，形成了一个很好的窝棚，我砍下一个枝梢，把树枝挤紧了，做成一个入口，再在底下铺上座席。我刚刚坐下来，准备和雨开始新的对话，这时，我看到对面不远处有一棵大树起火了。我很快从小窝棚上取下那根小枝梢，把它做成一个鞭子，在着火的地方不住地抽打。还没等火焰把树身周围的树皮烧掉，火就渐渐被我扑灭了，否则，树脂就不可能流动了。

在这棵树周围的地上，没有篝火的痕迹，没有放牧的奶牛，自然也没有牧童，因此不可能把火灾的起因归罪于他们。我想起童年那强盗般的年月，我揣度是哪个顽童因为淘气和好奇，想要看看树脂怎样燃烧而点燃了树上的树脂。回想起自己的童年时代，我想象划一根火柴把树点着，那一定是挺好玩的。

我明白了，这个破坏分子刚刚把树脂点燃，突然看到了我，于是藏到了附近的灌木丛里。这时，我做出继续行路的样子，吹着口哨，离开了着火的地方。我沿着小道走了几十步，跳进灌木丛，又折回到原来的地方隐藏了起来。

没过多久我便等到了一个小强盗。从灌木丛走出一个七八岁的金发小男孩，一张被太阳晒得带点儿火红的小黑脸上一双勇敢的眼睛大睁着，身子半裸，体格很健壮。他怀有敌意地向我离去的小路那边望了望，举起一个枞树果想要把它扔向我。他挥手的时候甚至翻了一个身，这倒没有使他感到狼狈，相反，他就像一个真正的森林主人，把双手插进裤袋，开始环视火烧过的地方，一边说："出来吧，济娜，他走了！"

走出一个年龄稍大一点儿，个头也高一点儿的小女孩，手上提着一个大篮子。

"济娜，"小男孩说，"知道我要说什么吗？"

济娜用一双大大的安详的眼睛望了望他，天真地回答："不，瓦夏，不知道。"

"你怎么啦！""森林主人"说，"我想跟你说，要不是这个人来，要不是他把火熄灭，瞧吧，因为这一棵树，整个森林都会烧光，那时你瞧是什么样！"

"你这个傻瓜！"济娜说道。

"说对了，济娜，"我说，"真正的傻瓜突然想吹点儿什么牛啦！"

而济娜，看来也不打算替这个小强盗回答，她安详地瞧着我，只是她的两条小眉毛稍稍有些吃惊地抬了抬。

在这个聪明的女孩面前，我想把这件事变成玩笑，先博得她的好感，再一起开导"森林主人"。正好这时所有等着雨水的生物，情绪都已经紧张到了极点。

"济娜，"我说，"你看，所有的小树叶、小草都在等待着雨水，酸浆草甚至事先爬上了树桩，为的是早一点儿领受雨滴。"

我的玩笑使小姑娘高兴了，她和善地冲我微微一笑。

"喂，老人家，"我对雨说，"你真让我们大家着急，快下吧，我们走了！"

这次雨真听话，马上下起来了。小姑娘严肃地、深思地、聚精会神地望着我，两片小嘴唇噘了噘，似乎想要说："玩笑归玩笑，可小雨总算下起来了。"

"济娜，"我急忙说，"告诉我，你这只篮子里放的是什么？"

她指给我看，里面是两个白蘑菇。我把我的新帽子放进篮子里，用羊齿蕨盖上，然后一起到我的窝棚去避雨。我们折了些枝条把它盖好，然后钻了进去。

"瓦夏，"女孩喊了一声，"别瞎闹了，快出来吧！"

于是，"森林主人"被雨驱赶着急忙走了出来。

小男孩刚在我们旁边坐下来，正想对我们说什么，我举起食指向主人命令道："别说话！"

我们三个人都屏住呼吸。

在夏日温和的雨水里，待在林中的枞树下，那种惬意真是难以言传。长着凤头的松鸡，被雨轰得闯入我们这棵浓密的枞树中间，落在我们的窝棚上，就待在我们的眼皮底下。刺猬来了。一只兔子东倒西歪地从旁边跑过。小雨久久地对我们的枞树小声说着什么，而我们久久地坐着，一切都仿佛是森林的真正主人对我们当中的每个人，单独地轻声诉说，轻声诉说，轻声诉说……

枯　树

雨过天晴,我们沿着被过路人踩坏的小道走出森林。在出口处竖着一棵粗壮的曾经很伟岸的树，不止一代人看到它。它虽然挺立着，却已经彻底地死了，就像护林员们说的，它是一棵"枯树"。

望着这棵树，我对孩子们说："也许，过路的人想要在这儿歇歇脚，把斧子往树上一砍，再把自己沉重的袋子挂在斧子上,这棵树因此受了伤,只好用树脂来医治伤口;也许是松鼠想要从猎人手中逃脱,躲进这棵树茂密的根部,而猎人为了把它从藏身之地赶出来,找来一根笨重的劈柴,顺着树干乱敲,有时只要敲打一下就足以使一棵树生病。

"就像使人或任何有生命的东西生病一样,很多很多情况都可能使树生病,或许,是被雷电击中了?

"树从什么时候开始往自己的伤口里注满树脂呢?当一棵树开始生病时,最先知道的当然是虫子。软体虫钻进树皮开始在那儿蛀。啄木鸟根据自己的经验知道有了虫子,为了寻找幼虫,它便在树上这儿那儿凿着。啄木鸟凿着凿着,洞也越凿越大,或许就能抓到它了。而虫子这时却向前移动了,'森林医生'又要重新去凿。虫子不会只有一条,啄木鸟自然也不是一只。那些啄木鸟凿着这棵树,而树因此衰弱了,不得不往自己的伤口里注满树脂。

"现在你们看一看这棵树周围的篝火痕迹,你们就会明白,人们沿着这条小路走来走去,在这儿停下来休息。尽管禁止在森林中点燃篝火,人们还是捡来木柴点燃了。

为了使火烧得更旺，他们从树上揭下带有树脂的树皮。因为树皮被揭走了，在树身周围渐渐形成一个白圈，往上面输送树液的通道没有了，于是树也就枯萎了。现在你们说说，这棵树已经在这儿站立了不少于两个世纪，如今它死了，这是谁的罪过：疾病、雷电、虫子，还是啄木鸟？"

"虫子！"瓦夏很快回答。

他看了看济娜又纠正道："啄木鸟！"

这两个孩子看来是非常友好的，敏捷的瓦夏习惯从平静的聪明女孩济娜脸上读到正确答案。这次，他本该能从她脸上偷走正确答案的，可是，我正好在这时问济娜："那你，济娜，我亲爱的小姑娘，你是怎么想的？"

小姑娘用一只手捂着小嘴，一双聪慧的眼睛望了望我，就像在学校里望着老师，回答道："想必，是人们的罪过。"

"人们，是人们的罪过！"我接过她的话。

于是，作为一个真正的老师，我对他们讲述我的想法：啄木鸟和虫子没有罪过，因为它们没有人类的智慧，也没有可以照亮人类过错的良知。我们每个人都会成长为大自然的主人，但是只有努力去学习、了解森林，他们才有权力支配森林，成为真正的森林主人。我也没有忘记告诉他们，直到现在我无时无刻不在学习，如果没有任何计划或者考虑，我不能在森林中采取任何行动。我也没有忘记向他们讲述前不久我所发现的"火箭"，以及我怎样怜惜一个蜘蛛网。

  接着我们便走出森林。现在的的确确验证了我那句话：在森林中我是一名小学生，而从森林中走出来我便是一个老师了。

人类的朋友

1

我在莫斯科郊外的一所疗养院逗留的期限满了,准备离开的时候,那儿的服务人员:女卫生员、护士、女秘书们把我团团围住,请我去当地的小学讲讲话。因为她们的孩子都在那儿学习。

于是我只好去了。像往常一样,我出席这样的演讲会有我特别的方式,这是我从多年在各个学校以及各种类型的学习小组做报告的实践经验中获得的。首先我指着自己的喉头,用刚刚能听到的最轻微的声音,恳求他们安静地坐着。肃静下来以后,我让孩子们做好精神准备,参加我们的对话。

"孩子们!"我用平时的响亮声音说,"你们读过我的书吗?"

当然，他们读过。

"既然你们读过，那为什么还要叫我来？瞧，我就是你们看到的这个样子，难道还能比我的书本里写的那些好看吗？"

在这个问题上我总感到对我有某种危险性。每次我都想象着一定会找到某个人，他对我的问题"为什么请我来"能做出简单明了的回答——想看看那些话语的真正来源，就像每个人都想在井架周围从井沿往里瞧一眼，并且想知道井里的水深不深。

甚至假设有那么一位勇士说："我们就是想看您一眼。"虽然这等于什么都没回答。

但就是这样的回答，我还从未遇到孩子中有谁能勇于如此简单明了地说出来。

当然，现在因为敬畏，大家都沉默着，而我则利用他们的慌乱不安来巩固这种沉默，以期达到更大程度的静寂，好把所有人的注意力都集中到我身上，让每个人都成为会议的真正参与者。

"比我写出来的还要好的，"我说，"我现在什么也不能给你们，这你们知道！但是，也许我有什么地方写得不清楚，不明白，请你们给我指出来；或者你们希望我写点儿什么新的东西？随便提个问题，我的谈话就从这里开始。我们就这样谈妥了——你们提问题，我来回答，而如果没有问题，那就没有，我们也就没什么……"

现在，每个人都不出声地忙活着，寂静变成了紧张，犹如自然界常有的现象：水完全是平静的，而小鱼在水里游啊游，虾抖动着须子，一只青蛙瞪眼瞧着……

看来很难等到静默过去，但还是等到了。终于在一百个不动的身体中有什么轻轻响了一下，接着，谁的一只小手举了起来。

根据我的手势，一个小男孩走到我的桌子跟前，我曾经有那么一段时间就像他现在的样子。我以我的心理来猜测他：他一个人代表了一百个人的意志，他代表所有的人说话，他是他们的代表，他们的表达者，他们的带路人。看我对他了解得有多清楚！我只是不知道，在这么多人面前，用自己的话来表达的困难性能以什么来比喻？

像从桥上掉入冰冷的水中？

不！不管怎么说那儿还是有小桥……

像手持武器面对熊窝只有七步一般惊心动魄!

但终归还带着武器……

或者像在2000米的高度从飞机上跳下来?

没有必要跳,再说,反正背上有降落伞。

最坏的情况发生了:这个小男孩坚持自己的决定变成了石头,既然已经开始,那就一直站着,沉默着,甚至连眼睛都不眨一下。

这时,我把身子弯向他,微笑了一下,温和地不让任何人听到,悄悄地完全是在说我们之间的秘密:"怎么样?"

这句话就像火镰碰到打火石上,火星即刻闪亮。于是小男孩坚决果断地代表大家说:"作家同志,请给我们讲讲,您是怎样工作的?"

在静寂中可以听到为自己学校难过的男老师和女老师们,轻松地舒了一口气。现在当然啦,学生们终于没有给学校抹黑。一位女老师忍不住喊了一声:"好样的,瓦夏!"

我也对瓦夏表示感谢。于是开始了我的讲话。

2

我开始问:"你们认为大自然离我们最近的是什么?森林、水、山脉、盆地、田野、风、火、土地或者天空?"

"土地!"有谁机灵地喊道。

"你可没猜对,"我回答他,"大自然离我们最近的是我们的身体。"

我刚来得及想好这个开头,接下来便按我想好的说下去,就像已经写好了一样:"清晨我们是以用水洗自己的身体开始的,我们每个人都应当洗干净自己的脸。早起是非常有益的,那时露水还没有消失。如果此时你沐浴在空气中,在小溪或者是小河旁,你会感到仿佛整个世界都在与你一起沐浴,而在这个伟大的世界上有爱你的朋友,他们现在也正在什么地方洗着澡,并且也在想着你……"

这时我讷讷起来,讲话停了下来。我想象着我们那张经常播放的唱片,现在它放完了,或者更像是留声机上的唱针断了,没有别的。我该怎样接着进行我的讲话呢?想讲的已经讲完了,我陷入了和瓦夏完全一样的境地。霎时间，我感到仿佛所有的词我都忘了，再说什么我都无能为力。这种现象在我从书面语言向口头语言过渡时常常会出现。那种口头语言就是我的母亲所用的，并且在我刚刚学话的时候就教给我的语言。我不止一次发生过这样的事，每次都不是一个亲切的口语词汇搭救了我，而是飞来一个有翅膀的东西，它有柔软灵活的脖子、明亮的眼睛，像山雀一样尖的嘴巴。我自己很小的时候就是那个样子。所以口头诗歌被称为童话，因为它不是写就的，而是说出来的。正因为如此，大概我此刻认为这个童话是长着翅膀的、自由自在的。我一生都在学习，并且竭尽全力使写出的东西简单明了，轻松易懂，就像从前口头讲述的一样。我一生都渴望如此，但终究未能彻底将这亲爱的语言转化成那种我在田野、在森林、在大城市的街巷、在海滨、在普通的农村井沿上听到的那种和普通人所说的像音乐般的语言。

　　现在就是这样，我陷入不容斟酌、不容把它写下来的境地，我便像大家一样开始直接说了。

　　过去的已经过去了。我现在不能再重复把我的"夜莺"告诉孩子们，或是讲让山雀飞到很远的什么灌木丛那一套，我现在要写我能写的。如果我打盹儿，假如我在口头叙述中打盹儿。如果飞来我的另一只小鸟，那么，或许它会很热忱很直接地讲出来，就像我在学校讲话时，在这个真实的童话中，幸运突然降临到我身上一样。

不知为什么，我在开始讲述我怎样工作这个话题时，亚利克总是进入我的思路。它是我四十年前养的一只狗，我很久以前写过两个关于它的故事，大概那时它还活着。从那时起，文章一次次地印刷出版。亚利克之后我还养过多少只狗？……算起来应该有几十只了，除了现在活着的热里卡，所有的狗早都死了，而亚利克总是活着！孩子们遇见我带着热里卡常常会问："这是亚利克？"当然啦，就像我刚才说的，我带着我的一只狗去小河洗澡，我喊它"亚利克"，谁也不会惊讶，仿佛就应该这样，亚利克是不死的……

"就这样，孩子们，在我洗完澡以后，我喝完茶，然后把我的纸呀、铅笔呀、小刀、小磨刀石收拾好，到森林中的红色砍伐地去，我喊着我的朋友……"

"是早上和您洗过澡的人吗？"有谁的声音在问。

"不，"我回答，"这都是因为我的朋友离我非常遥远,而代替他和我一起去红色砍伐地的是亚利克。"

当然,孩子们听一只熟悉的、能代替朋友的火红色长毛狗的故事,远比听一位遥远的不认识的朋友的故事要有兴趣得多。

亚利克就是亚利克!在大自然中就是碛鸟能够代替朋友的机会还少吗?那儿,从丛林的茂密处端端正正挤出来的小杉树也是朋友!那个很不错的树墩,整个被宛若常春藤的绿色苔藓遮盖着;带着白色小斑点的红毒蝇蕈从裂缝里长出来同样是朋友,它正等着扑火苍蝇;而在树墩上面,直接就在树墩上,一棵小白桦在那儿落了户。多少朋友啊!

亚利克记得我工作过的每个树桩。它一会儿在前面跑,一会儿停下来等我,瞪着他那大大的椭圆形像扁桃似的双眼,那意思是:"主人,我们在这儿工作呢,还是继续往前走?"

我在这个树桩上安顿下来,准备好笔记本,用铅笔刀削了削铅笔,开始写起来。像往常一样,写给一个看不见的朋友。对亚利克来说这是枯燥无味的事,但它颇能忍耐。在我的树墩周围蹲了一会儿,它明白在很长一段时间内不会有什么变化，于是打算卧下。它用后腿有力地刨掉苔藓和土，一不留神，把许多苔藓撒在我身上。当树桩周围形成一个小坑，它蜷成一个圆圈躺在里面，不过一定会尽力把身体靠紧我的脚。它这样做的目的，犹如我们在火车上把自己的脚紧靠着自己的皮箱，你在桌子上喝着茶，而你的脚在桌子下面感觉到箱子的存在，这样它就不会被别人拿走。

它这样卧了很长时间，在我的眼前，一棵很小的木贼挺立在阳光中，仿佛土耳其清真寺的高塔，非常漂亮。我正在为我远方的朋友写作，却没有发现它，我身边的亲爱的朋友，正像塔般矗立在我的对面，并且等候着我什么时候注意到它。它没有等到，但这时向它飞来一只蓝色的蜻蜓……

这个我不可能不发觉，我停下笔望着，心里在想，也许在南边的那些国度有淡蓝色圆顶的伊斯兰教堂，教堂周围是清真寺的高塔，高塔上有一个报祈祷时间的人用的小平台，那塔就像这一排排细枝排列起来的木贼。大概在什么地方也有一些木贼生长着，像在我们这儿一样，否则这些高塔是从哪儿来的？

这时，我的脑子里出现各种各样的念头：有正确的有不正确的，有需要的有不需要的，而亚利克嗅了嗅，发现我没有工作，静静地抬起头注视着，很想弄明白，我到底目不转睛地在看什么。终于看到了蜻蜓，它明白了我这是像它一样在踞地作势。既然主人亲自踞地作势，难道主人的狗可以躺在他的脚边睡大觉吗？亚利克爬起来，伸了伸懒腰。它的尾巴像一支大羽毛，直直地举着。一只前爪从右边盘起，但眼睛没有像看到鸟那样踞地作势，糊里糊涂地仿佛不怎么坚决地问："主人，我和你还要在这蜻蜓前站很长时间吗？"

算它走运，蜻蜓飞走了。

"亲爱的朋友……"我重又在我的笔记本上写着。

而亚利克又把两条后腿向我这边挪过来一些，躺下来把它的腰靠紧自己的"箱子"。

"亲爱的朋友……"我写呀，写呀……

突然，我最喜欢的碛鸟飞到树上。像往常一样，它是从很远的地方飞回来的。我们正在忙于什么事的时候，看见小鸟一般不会是这样的心情：我感到它仿佛是我的一个朋友，从蓝色的大海飞了来，而我现在的事就是观望、惊奇、感叹，再就是熟知和理解了。

在蚊子和苍蝇尚未咬我之前，我长久地望着，没有发现我的亚利克也早就站在那儿望着这只碛鸟。那么长时间，以至于它的玫瑰色的舌头已经从嘴唇上挂下来，而在舌尖，一只蚊子正在吸它的血。

瞧，它多理解我！我们对同一只碛鸟两次蹲地作势。我明白亚利克，它也是十足的幻想家。我俩都在努力追求这同一只碛鸟。不过，我的追求是以它的形象来充实我的灵魂，甚至我的血液；而它，可怜的亚利克！按照它的无知想法：要是能非常巧妙地捉住这只小鸟，或者，如果它味道不错，吃掉它该多好。

3

当然，对读小学的孩子我曾用另外一种我认为更好的方式表达。我还记得，当我讲到亚利克按照自己无知的想法，想要抓住碛鸟时，曾响起友好的哈哈大笑声，他们用愉快的笑声来奖赏我。

这样巧妙地缓和了班级的气氛之后，我和听众的关系变得自由了。瓦夏举手问我："您刚才说，您和亚利克用不同的方式看着碛鸟：亚利克想吃掉它，而您在碛鸟身上看到了朋友的形象。这'朋友的形象'意味着什么？"

我回答："最美妙的是碛鸟会唱歌。每当早春，小溪在森林里流淌，从四面八方响起不同的声音。碛鸟的歌声也向四处抛洒，像小溪在流淌。这时，你会想到最美好的一切，而世界上还有什么能比朋友更好？以后，夏天的什么时候，你又看到了碛鸟，你会回想起春天是什么样，你还会回想起朋友。所以，碛鸟就成了朋友的形象。明白吗？"我问道。

"明白了。"瓦夏回答。

他这样说是出于礼貌。我清楚地感到，"朋友的形象"对在教室里坐着的所有人都不明确。当然，孩子们应该在战斗中认知朋友。这时，我想起有一次在森林中发生过的事。那也是在这片红色砍伐地，不过是另一侧，它已经被植物覆盖并且延伸到森林地带。我总是沿着小道穿行，并且注意长在茂密茁壮而幼嫩的小罗汉松之间那些弯弯曲曲的灌木璎珞柏。我常苦楚地想，在璎珞柏中也有像柏树那样挺拔的小树，但是为什么如此稀少？于是这一次我又从旁边经过，突然发现这棵灌木整个被花朵遮盖起来。原来在灌木中隐藏着一株野蔷薇，当它开放时，仿佛璎珞柏用野蔷薇把自己从头到脚打扮了起来……但是，我现在要讲的不是蔷薇，而是讲在璎珞柏后面原来还有一个很不错的树墩。亚利克懂得我，马上便开始刨青苔，我也决定，就在蔷薇旁边的这个树桩上安顿下来工作。

就是这些芳香的野蔷薇，成了我倒霉的原因，它们诱惑我坐在这个该死的树墩上。我当时的匆忙还有一个原因：我的脑袋里正构思一个关于沉溺在沼泽中的小男孩的故事。我们那儿把沼泽地中的深坑称作暗坑，我的假想的小男孩，掉进了这样的暗坑，慢慢地沉下去了，在沼泽里只露出了两只胳膊，两个肩膀和一个脑袋。我应该去救这孩子。我走来走去，思考着我如何去搭救这孩子。当我看见这个该死的树墩时，我脑海里突然出现了一个美妙的想法，于是，我急不可待地坐到了这个树墩上。当我在纸上要救助这个假设的小男孩时，根本没有考虑自己坐在了什么地方。

甚至当我往下坐时，我身下的树墩本身似乎也往下坐了坐，我都没有明白过来。在大自然中这样的树墩有的是，它们已经腐烂、松散到引起了蚂蚁的注意。这些聪明的小昆虫大概根据自己的方式论断：我们铆足了劲在这块大圆木上做一个蚂蚁窝，我们整个王国都可以进驻树墩，在那儿生活。于是，一个外形为树墩的蚂蚁窝便形成了。这就是为什么它在我身下动了一下，的确，它已经不再是树墩，而是一个真正的蚂蚁窝了。

痛苦攫住了我，因为，我的确已经感到小男孩在我的眼前往下沉。喜鹊们飞集在他头顶，乌鸦从空中嗅出了气味。

我到底怎样救他？要知道，我应该用一句话来救他，我需要尽快从我的深井里找出一句话来。

我的朋友们，要从自己这儿找到一句能够救人的话还真不容易，不是每个人都能找到让事情马上停止的话语。

"亚利克，"我说，"帮帮忙吧，若是朋友的话。"

我到现在还能看到那双眼睛，它是怎样地望着我。为了弄明白我的意思，它眼里充满紧张；一旦它明白了，它将做好充分准备，立即为我赴汤蹈火，甚至去死。

真是奇怪！我的朋友亚利克那种深沉的使人痛苦的

目光，透入了我的心。霎时间，我想象亚利克的遥远的祖先曾经是野生动物，经过几百年甚至几千年，每个有狗的人曾经把自己人类善良的心，给它放进去小小的一部分，这样，我的亚利克终于有了现在的目光。于是，在野生的大自然中，狗变成了人类真正的朋友。

我刚想到关于狗，关于人类的朋友，突然，在这一刹那，我从自己的深井得到了我需要的词语。这就好比井里的水桶，把它放下去，从井的深处获得那个词语。它的意思是，在我的故事中是一只狗，一位人类的朋友救了这个陷入沼泽地的小男孩。

就在这个时候，我感到蚂蚁在我的衬衫里终于找到通往我身体的入口，并且成帮结伙地在满身跑。但是，我不能为蚂蚁浪费一秒钟。就算这一切都是虚构的，可我已经不感到它是虚构的了。找到的构思抓住了我，我需要尽快搭救孩子，无暇顾及那些蚂蚁。

一些蚂蚁咬着我的身体，痛得我真想喊叫；但大多数跑来跑去的蚂蚁，是直接用小脚丫在我身上踩，这比诚心诚意地咬我还要糟。结果便成了我和蚂蚁在比赛：我的思想在奔跑，它们应该来得及跑到某地。而蚂蚁要追上它，把它扑灭。犹如在比赛时到达终点之前，我使出我的全部力量，它们也使出全身力气。当然，我的紧张的写作拯救了我，我坚信我能救出陷入沼泽的男孩。如果这时我跳起来，从蚂蚁的苦痛中解脱出来，我的男孩将会溺死，乌鸦会在他的上空盘旋，喜鹊会喳喳乱叫。

总算幸运，我终于克制了自己，做到忘记自己的痛苦继续我的故事。小男孩用人类特有的温柔而有力的语言把狗唤过去，抓住它的一条腿，于是，狗救了人的命。

通常会这样，你用力挤压弹簧，它从你手中弹出，带着声响飞了出去。我现在就是这样，小孩已经被救起来了，我从我坐的树桩跃起，导致我的笔记本、铅笔、铅笔刀和磨刀石都四散而飞。亚利克以为我这是看见兔子，也跳了起来。它是一只捕猎飞禽的狗，严格禁止追赶猫、兔子、狐狸及一切走兽，所以，我们还养了追走兽的猎犬。但是现在，它看到主人受到诱惑，亲自跳起来跑去追赶，它也竭尽全力去追那只想象中的兔子……

我用下面的话结束了我在学校的演讲：

"人类在几千年中给狗灌输了许多善良的东西，为了使它们成为自己的朋友。但是正如你们在亚利克身上看到的，它还不完全是我们心中所企盼的那种狗，仅仅是相似而已。希望'朋友的形象'能更快地出现，但现在就让它哪怕是相似也好。因为在野生动物中已成为类似人类朋友的动物，难道还少吗？我们对大自然进行改造的目的，不就在于此吗？"

 老蘑菇

1

我们这儿闹 1905 年革命的时候,我的一位朋友正青春年少,在普雷斯诺的街垒上打巷战。那些不相识的人见到他都称他"老弟"。

"告诉我,老弟,"他们问他,"哪儿……"

他们说出街名,"老弟"就告诉他们这条街在哪儿。

1914 年,第一次世界大战爆发了,我听到人们问他:"老爹,请告诉……"

人们不再称他"老弟",而称他"老爹"了。

最近的一次大革命爆发了,我的朋友脑袋上长出了银白色的毛发。那些革命前认识他的人现在遇到他,望着他头上银白色的头发说道:"你这是怎么了,老爹?你在卖面粉吗?"

"不，"他回答，"卖银子。"但问题还不在这里。

他真正的工作是为社会服务。他曾经是个医生，为人们治病。而且他又是一个非常善良的人，凡是到他那儿寻求帮助的人，都会得到他竭尽全力的帮助。于是他从清晨工作到深夜，在苏维埃政权下这样过了十五年。

有一次在街上，我听到有人拦住他问："老爷爷，哎，老爷爷，请问……"

于是，这位曾经和我在旧时代的中学同坐一条板凳的小男孩，变成了老爷爷。

时间就是这样逝去，简直就是飞逝，你连瞧一眼都来不及。

好吧，我得接着讲我的朋友。我们的老爷爷头发愈来愈白。终于，我们庆祝战胜德国的伟大节日来到了。老爷爷荣幸地收到一张去红场观礼的请柬。他撑着伞，也顾不得雨水泥泞。我们一起向斯维尔德洛夫广场走去。在广场四周，在民兵组成的散兵线后面，我们军队的棒小伙一个比一个帅。因为下雨到处都湿漉漉的，可望着他们站在那里的样子，仿佛是晴朗的好天气。

我们出示了通行证，这时突然冒出来一个小男孩，一个淘气包,大概是想溜进检阅队伍。淘气包看到我这位上了年纪的朋友撑着把伞,就对他说:"你来干什么,老蘑菇?"

我感到很不快,我承认当时我真生气了,我一把抓住这个小男孩的领口。他挣扎着,像只兔子似的跳开了,一边跳一边回头瞅了一眼,逃走了。

2

那个淘气的小男孩和"老蘑菇",暂时都被红场上的阅兵式从我的记忆中给挤掉了。可是,我回到家中躺下休息了片刻之后,便重又想起了"老蘑菇"。这时,我对着这个看不见的淘气包说:"嫩蘑菇又怎么样?什么地方比老蘑菇强?嫩蘑菇就得进炒锅,可老蘑菇在播种未来的芽孢,它是为其他新的蘑菇而活着。"

于是我想起在我经常采蘑菇的森林中长着的那棵红蘑菇。那是秋天即将来临的时候,小白桦和小白杨已经开始把五分硬币大的金色和红色的叶子洒落在下面的小枞树上。

天气是温和的，甚至有些闷热。这正是蘑菇从潮湿温热的泥土里爬出来的好时机。在这样的日子常常会出现如此的情景：本来你已经把蘑菇采得干干净净，一棵不剩。可在你身后，就在你刚刚采撷完的那块地上，又长出小蘑菇，你便又采了它们。你不停地采，而蘑菇总是不停地爬出来，爬出来。

当时正是这样一个闷热的、滋生蘑菇的日子。可惜这一次我的运气不佳，篮子里尽采了些没有价值的玩意儿：红蘑菇、变皮牛肝菌、鳞皮牛肝菌，而白蘑菇只找到了两棵。要是我这个老头不是弯腰去采这些黑蘑菇，而采的是真正的白蘑菇，那该有多好！可有什么办法，白蘑菇没有，我只得向这些红蘑菇俯首弯腰。

天气异常闷热，我因为不停地弯腰，周身像着了火一样，而且渴得要命。可是，这样的日子怎么能光拎些黑蘑菇就回家呢？还有足够的时间可以再往前继续寻找白蘑菇。

在我们这儿的森林里有很多小溪，这些小溪又会分出许多细流，而细流又会形成小块小块的沼泽地，简直就是渗着水珠的土地。我口渴到都想趴在这潮湿的土地上呎一呎了。小溪还很远，降雨的云彩就更遥远了，真是两条腿走不到小溪，两只手抓不到乌云。

这时，我听到在一片稠密的枞树林后面，一只灰色的小鸟在"吱吱"叫着："喝吧，喝吧！"

常常在降雨之前，小灰鸟这种祈雨者会请你喝水："请喝吧，喝吧！"

"笨蛋！"我说，"云会听你的吗？"

我望了望天空，哪儿还能等到雨，头顶上的天空没有一丝云彩，而地上的蒸气让人感觉就像待在澡堂子里。

这可怎么办呢？

而小灰鸟还在自管自地一个劲儿"吱吱"叫着："喝吧，喝吧！"

这时我嘲笑自己，我是个在世上活了这么多年见多识广的老人，而它不过是一只普普通通的小鸟，此刻我们的愿望却是相同的。

"让我来瞧瞧这位同志。"我对自己说。

我小心地、蹑手蹑脚地穿过稠密的小枞树林，拨开一条小树枝："啊，你好啊！"

透过这个森林小窗口，我眼前展现出一片林中空地。

空地中央长着两棵白桦。白桦树下有一个树桩。树桩旁绿色的越橘丛里有一棵鲜红的红蘑菇,那么大,我一生中还从未看到过。它已经很老了,边沿都朝上卷了起来,这种现象只有红蘑菇才会有。

正是因为这样,整个红蘑菇的确像一只又大又深的盘子,而且盛满了水。

我心里别提有多高兴了。

突然我看见,从白桦树上飞下一只小灰鸟,落在红蘑菇卷起的边沿上,用小嘴往水里探了一下,然后抬起小脑袋,好让水滴流进嗓子眼。

"喝吧,喝吧!"另一只小鸟从白桦树上对它"吱吱"叫着。

"盘"里的水上漂着一片树叶,一片小小的枯黄的树叶。那只小鸟只要去啄这片树叶,水就会抖动,树叶也会玩个痛快。而我呢,从小窗口看到了这一切,心里很高兴也不着急:小鸟能喝多少,让它喝个够。这水足够我们喝的了。

这只鸟喝足了飞上白桦树,另一只又飞下来,也落在红蘑菇的边沿上。喝够了的那一只也从上面对它叫:

"喝吧，喝吧！"

我从枞树林走出来，动作很轻。小鸟没怎么受惊，只是从一棵白桦树飞到另一棵白桦树上。

但是，它们这时叫得已经不像刚才那样平静，而是有些不安。我这样理解它们，一只鸟问另一只鸟："他喝吗？"

另一只鸟回答："他不喝！"

我理解它们是在议论我和这只装着林中水的盘子：一只鸟猜到"他会喝"，而另一只与之争论"他不会喝"。

"我喝，我喝！"我大声对它们说。

它们欢快地自个儿"吱吱"叫着："他喝，他喝！"

但是，我想喝掉这一盘林中水还真不那么容易。

当然，也许这很简单：就像那些不懂得林中生活，到森林里来仅仅是想为自己抓点儿什么的人那样，用自己的蘑菇刀小心地割下红蘑菇，捧到自己跟前，喝掉里面盛的水，再把对他来说已经不再需要的老蘑菇帽儿"吧嗒"一声扔到树上。

好大的本事！

可在我看来，这简直是愚蠢。想想看，我怎么能做出这样的事。既然我亲眼看到两只小鸟在蘑菇盘里喝饱了水，那么，我没有看到的还会少吗？就拿我自己来说吧，我快要渴死了，现在我可以喝个够。我走之后，雨水又会把它装满，于是，其他的人又可以解渴。而在这棵老蘑菇里，种子芽孢会继续成熟。风托着它们，把它们播撒在森林里，繁衍后代……

显然，没别的办法，我呻吟一声，再呻吟一声，两条老腿跪了下来，接着尽可能趴到地上。我对自己说："向红蘑菇俯下身去。"

可那两只小鸟还只管嬉戏："他喝，他不喝！"

"不，同志们，"我对它们说，"现在你们别争论了，我如今勉强能够得着，我可是要喝了。"

我趴在地上，我的干透了的双唇正好和蘑菇凉爽的唇边接触。这一切都很顺利，只差喝上一大口了。这时，我看到一只小蜘蛛正乘着一叶白桦树叶做的金色小舟，顺着自己纤细的蛛丝爬上柔软的小碟子。也不知它是想要游一会儿泳呢，还是要饱饱地喝上一顿。

"你们这些想喝水的到底还有完没完了！"我对它说，"你算了吧……"

或许，我是因为同情我的朋友而想起了关于老蘑菇的故事，并且告诉了你们。但是关于老蘑菇的故事仅仅是我的关于森林的一个很长的故事的开头，接下去我要讲的是我喝饱了"起死回生水"之后发生的事。

这真是美妙无比，不过不是童话中所说的活水、死水，而是真实的，在我们的生活中随时可见，比比皆是，但我们却常常视而不见，充耳不闻。

 # 红蘑菇

有一次，有人告诉我，好像人可以用自己的目光中止蘑菇的生长。过去我也曾不止一次听人说起过。当我又一次听到这个童话时，我想起了在过去的不同年代我所写下的那些关于蘑菇的笔记，而这些笔记都是在我们俄罗斯中部黑麦开始扬花的时节写下的。

重读这些笔记使我感到惊讶，在历史事件的影响下，一个人与同一不变化的自然现象之间的关系，是变幻不定的。的确，在重读它们的过程中，寻找这些旧笔记的本来目的，即寻找反驳迷信的根据，便已不复存在了。在阅读的时候，那个在历史事件的影响下人与大自然的关系可以发生变化的想法使我深感痛苦。但是正因为如此，构成了一个使我惊奇的故事，而对这些记录下来的生活现象的简单构思，又恰好是在自然界黑麦开始扬花的日子形成的。

这些笔记唤起我这样一个想法：人类生活的列车比大自然的运动要快得多。这就是为什么我一边写着关于蘑菇的笔记，一边却写成了关于人的生活。

常有这样的事，你坐在火车上，从窗户望出去，却好像是大自然在飞驰。当你仔细地弄清楚了，你才恍然大悟：原来大自然是不动的，而飞驰的是坐在火车上的自己。所有的艺术家难道不都是这样吗？他们对大自然充满热情的目光、他们内心的风景不是别的，正是把自己的目光停留在大自然的同时试图深入人们的心灵、深入灵魂的不停止的运动。而人本身就在这各种各样的内心风景中运动着。

蘑菇王

金黄色的如同云彩般的花粉，在田野上空不停地飘着。如果你用手随便抓住一棵黑麦的麦穗，在你温暖的手中，这棵麦穗便会用它所有的花朵布满你的掌心。这些麦穗上的花朵等待着在温暖的阳光中随时脱离麦穗，飘落到尘土中去。这时，雨水帮了农夫的忙，它把花粉冲到大地上。农夫们被微风吹得颤抖着。而花粉就像长了小翅膀，从一个麦穗落到另一个麦穗上。

黑麦就这样扬花了。我们总是在这个时候去森林，察看第一茬蘑菇有没有露出来。

一大早，黎明之前，浓雾笼罩了长着黑麦的田野。直到黎明，既看不到天上的一颗星星，也看不见村子里的一星灯光。

黎明时分，太阳冉冉升起。于是一场人尽皆知的阳光与晨雾之间的永远新鲜的争斗开始了。渐渐地，光的力量胜利了，村庄靠河的一边便隐隐可见；而雾被打败了，低低地躺到河湾洼地里去了。

我们还在森林里就遇上了雾。一束束阳光穿过林冠的"小窗户"从上面射下来，这使我们觉得，好像林中的一切都燃烧了，但又没有烧毁，又像是火鸟一只接一只聚集到森林里来。

树木、灌木丛都从雾中显露出来，像洒上水一样，起初非常光亮，就像好多只火鸟在飞翔。但是很快密集的光亮开始在森林中分散成一滴一滴的亮光，从上面，从下面，从四面八方，从水滴深处闪着亮光，并用自己绿色的、白色的、蓝色的、黄色的，总之凡是一滴水所能闪烁和发射出的光芒闪耀着。

在森林的这种闪烁中，我内心总是萌生出自己的童话。你会感到一种强大的力量，一旦抓住点儿什么，它就可能改变你的全部生活，就像无线电收音机的旋钮拨到了一个播放美妙节目的电台。

但后来留在记忆中的总是这般情景：仅仅因为看到闪耀着露珠的大蘑菇就忘记一切，而终究还得回归现实。过去要是能遇到这样闪耀着露珠的牛肝菌那该有多么幸运，但是还有一种只有在我们科尼亚金诺才会生长的牛肝菌。这种菌我后来都再未见到过，这样的菌，露水是难以洒上的。

在沼泽森林里，常有一些覆盖着鹿毛般苔藓的小丘。从这些薄薄的几乎是白色的苔藓下，可以看到我们平常熟悉的那种黑色的牛肝菌，上面挂着露珠，但这是普通的极好的蘑菇。而我们科尼亚金诺的蘑菇，是长在厚而潮湿的长有越橘果的苔藓里面。这种蘑菇在苔藓深处到处生长，用眼睛是看不到的。它们长得很大，一棵蘑菇再配少许土豆，就足够烧一盘菜了。

不过，寻找这样的蘑菇可不那么容易。从苔藓上只能看到深黄色的小点子，这是蘑菇的尖端。当你远远地发现，深绿色的苔藓上露出一个黄点，你千万别轻易相信自己的眼睛。只有当你的眼睛一眨也不眨地愈来愈靠近这个魔法似的小点子，确信它是真的时，你再把一只手伸向苔藓，摸到蘑菇的腿，它一点儿也不比人的胳膊细；接着你用刀子把蘑菇的腿从根部割下来，然后把这棵巨大的蘑菇拖出来。它相当于兽中之王威严的狮子、飞禽之首鹰。

要是能把苔藓扒开，把蘑菇王显露出来，欣赏它带着未受损伤的根部的全貌，那该有多好……可哪儿欣赏得了！当你在森林中紧张地等待远处深绿色的苔藓上出现五分硬币大小的褐色斑点这种幸运时刻时，因为贪婪你不

仅来不及欣赏,你简直就什么也看不见,什么也发现不了。

在我们采蘑菇的时候,所有花朵上、灌木丛上、草茎上,甚至森林里的露珠,都不知消失到哪儿去了。等我们清醒过来,这才从贪婪的采撷中解脱出来,只是蘑菇拿起来已经很沉重了,而且天气又热。

但是我居然还来得及发现,有两滴沉重的露珠在白杨的枝条上颤动了一下,突然滚动起来,落到地上。还有最后一滴孤零零的水珠,在白杨树的叶子上眼看着被蒸发掉,消失了。

(1936 年笔记)

红蘑菇妈妈

昨天一整天,一会儿是烈日炎炎,一会儿又是出着太阳下起了"淅淅沥沥"的温热的"瞎眼雨"。黄昏时,整个西边天空晴朗,没有一丝云彩,一条彩虹挂在天空,很快便消失了。这时,斜阳似支柱,低而笔直地直射森林。

从我的窗口望去,迎着黄昏的阳光正好从树林的黑色阴影中能分辨出许多蚊子,这只有在晴朗的好天气才会看到。这些蚊子在高大的松树下开始像捣罂粟花籽似的叫着。

"明天一定是个大晴天,"我说,"黑麦扬花了,明天一定得去科尼亚金诺。"

"只是我们要尽量赶早出门,为的是蘑菇还能挂着露水。"

我从未看到过天晴时的蚊子会有这么多,这么金光闪闪。我知道,这是在潮湿的空气里晚霞所产生的现象。我觉得这些飞舞的蚊子,简直就是金色的男舞伴在跳卡德里尔舞。

"你瞧瞧吧,"我说,"这样的卡德里尔舞你可从来没有看到过,有金色的男舞伴,还有银色的女舞伴。"

"什么颓废派文艺,"她回答,"金色舞伴的卡德里尔舞!不,我不起来!明天还要起大早,我劝你还是放弃这些诗人的游戏,赶快睡觉吧。"

但是,我不仅没有听她的话,相反,走出屋子躺在新鲜的干草堆上。一丝风也没有,森林时而呼吸一下,仿佛叹息。由于这呼吸,松树枝稍稍颤动了,这颤动使得大滴的银色水珠落了下来,破坏和分离了正在飞舞的蚊子。这的确成了一种可怕的卡德里尔舞，每滴水珠都会打掉或带走大概几十只蚊子。森林每次呼吸，都要从松树上抛洒一场银色水滴的雨。每次都让人感到，这些蚊子要完蛋了。然而，没有完蛋，从黑暗的森林里聚来新的跳舞者，重新加入蚊子的行列，而对那些已经消失的蚊子丝毫也没有在意。

我禁不住想要不顾一切也加入到这群蚊子的行列中跳起舞来，大概这已是梦境或者是梦的开头，意识变得朦胧了。仿佛我也在蚊子当中，我飞呀，飞呀，和所有的金色男舞伴一起飞。森林吹了一口气，朝我们飞来一些银色的女舞伴，命中注定的一位离我愈来愈近，而我一个劲儿地跳呀，跳呀……

我的梦让我感到很不舒服，于是我摆脱朦胧状态，走进屋子，钻进被窝。

在黎明前的昏暗中我们本来是准备集合去采蘑菇的，走之前总得要洗一洗手和脸。当我走近钉在松树上的洗脸盆时，遇到房主的儿子。他是夜里驾驶自己的卡车从莫斯科来的。

"你们什么也不知道吗？"司机问道。

于是，他都讲给我们听了。现在想起来我还觉得可笑，在听到关于战争开始的消息时，我不知为什么想起了我的那些蚊子。当然，每个人都会从昨天的日子回忆起什么事情来，而且从琐碎的小事总能创作出惊人的故事，小事是大事之源嘛。

因战争爆发的消息大为震惊的我们，刚刚拎着自己的篮子站定，就又沿着森林和田野之间熟悉的小道走去，蘑菇的事已经被我们忘得一干二净了。

穿过黑麦田时，我手中的一棵正在扬花的黑麦麦穗已经被我焐热了，而我脑子里一个劲儿重复着："我们的黑麦绝不能让敌人夺走！"

这怎么可能！我们的黑麦，我们的人民为之付出劳动和汗水的黑麦，突然到了敌人的手里，怎么能容忍自己有这种想法？在森林里也曾有过这种想法。在这不断奋起的事业中，个人的软弱无力暴露得愈来愈清楚。这时应该想到的是：必须尽快地亲自飞到那里去……

而蘑菇自己待在那里，失去了任何乐趣，就好像它们被人剥去了幸福的衣裳。对我们来说，它们已不再是欢乐，而只不过是普普通通的蘑菇而已。

"我们现在还要蘑菇干吗?"我心不在焉地问。

而我的女友还在我的周围走来走去,好像根本没听见我的话。

这个女人是谁?我的朋友、妻子、母亲、姐妹?我多大年纪?5岁、50岁,或是70岁?任何一种年龄的人都保持着自己同女人的关系,像孩子和总跟自己生活在一起的母亲的关系。

她在我的跟前走过,我正严肃地思考着全部生活。突然,我想起我5岁的时候跟妈妈到田野和森林采蘑菇、采花、采浆果,我觉得我非常听从母亲。而我个人的自由,也像这俄罗斯的田野、森林、鲜花和蘑菇一样,安排得非常好。这是我的母亲吗?或者是我的亲爱的大自然?我的祖国……

我坐在树桩上沉思良久。周围是这样寂静,甚至连蕨草也纹丝不动。这就是说,森林里一丝风也没有。突然,我感到哪儿在震动,是哪儿的灰色树干上抖动的树叶的阴影呢,或是鼠类、毛毛虫在爬行。总觉得在这样寂静的林中有只毛毛虫爬过就像发生了什么事件。

我收回自己的思绪,聆听了一会儿,眼睛瞄准了。

但我突然醒悟过来：原来这是一棵大红蘑菇正破土而出。自然，它已经爬了很久，它的顶端在亮光中已被红色的头巾覆盖着。它爬着，聚集了自己生长的全部力量，而它上面的土被拱了起来。现在发生的就是这种震动，这个运动已经被我发现了。

为了最终把那长满青苔和越橘果的拱顶似的泥土举起来，它使出了多大的力气。不仅如此！这个红蘑菇妈妈不仅自己挺身而出，同时，一个由很多小红蘑菇组成的大家族出世了。其中稍大的一个也像它妈妈一样，在头上顶着块红头巾。

那时的我更像是一个跟在妈妈身后，在田野和森林里走来走去的孩子。

她呼喊了一声，又朝我走过来。

看来，她听到了我关于蘑菇的问话，只是她不认为我的问题有意义。她不仅听到了，还看到我一个人坐在树桩上沉思，怪可怜的，于是记起了我刚才的问话。

"你问我们把蘑菇放在哪儿？当然啦，我们要把它晒干。"她说。

"对啦。"我高兴了，因为只要有点儿事情干，暂时就可以忘却最可怕的事，或是某件大事了。

我又开始采集蘑菇。天气越来越热，我想我们用不着那么多晒干的蘑菇干，蘑菇只能当佐料。

"我们干吗要这么多干蘑菇？"我问。

"总有那么一天，人们不只想到自己。我们的蘑菇对人们会有用处的。还能怎么呢？"她回答我。

当我们终于将装满潮湿蘑菇的沉甸甸的篮子拎回家，她又对我说："你难道忘了，蘑菇还可以用盐腌呢！你很快就会看到，我们的朋友们为了这些蘑菇会怎样感谢我们呢！"

的确是这样。我记得小时候母亲对我说过，大地上的生命难道不是靠这种力量安排的吗？这使我重又想起那株巨大的红蘑菇，它把土地举到自己的头顶，而那些小红蘑菇则跟着它爬出地面。

（1941年笔记）

乡村摄影

黑麦又扬花了。但是在科尼亚金诺，从早到晚都能听到枪声。我们在挖防坦克壕，准备着只要第一声信号枪一响，就抛弃一切去打游击。

我们的姑娘们都在干挖泥炭的活儿。当她们知道我是搞摄影的，便跑来照相，并且把照片寄给在前线的朋友或亲人。她们用牛奶、烤饼作为对我的工作的报酬，我也就靠这些养活自己。

一次，一位过去的守林人到我这儿来照相。他现在是战士，带着全家一起来的，有妻子，还有许多孩子。孩子一个比一个小，就像蘑菇。他是从前线回来休假的。这天早晨我正好有时间去森林逗留，带回来一棵科尼亚金诺的蘑菇王，把它放在长板凳上。这位战士看见这棵蘑菇，把它拿起来，从一只手换到另一只手，问道："科尼亚金诺的？"

他知道那儿生长这样的蘑菇是不足为奇的，只有科尼亚金诺有这样的蘑菇，而他已经在那儿当了多年守林人了。

突然，好像发生了什么事，守林人两眼一眨不眨地盯着蘑菇，看着，看着，他的脸越来越扭曲了。这个正值青春年华、身强体壮、长着一双明亮的孩子般眼睛的男子汉，突然像小孩似的哭了起来。

"朋友，你怎么啦？"我问。

"没什么，"他回答，孩子似的破涕为笑，"我在看这蘑菇，可我再也不能回到科尼亚金诺，一辈子再也看不到这样的蘑菇了。"

女人在笑她的丈夫，完全像是母亲在笑自己的孩子，用手在他的头上从前额抚摸到后脑勺，对我说希望我原谅。

"自然，他少许喝了点儿酒，他不是为我们哭，是为蘑菇哭。"

战士已经恢复了常态，他回答："还用为你们哭？你们自己会哭！可蘑菇，它是不能言语的。"

女人脸色苍白，围着红头巾。她周围的男孩和女孩像小鹅伸着脖子，其中颇大的一个女孩也像她的母亲，围着条红头巾。

这个脸色苍白包着红头巾的女人使我想起那棵红蘑菇，也像她一样包着红头巾，从土里爬出来，把长着浆果的苔藓举到自己头顶，而她身后是整个家族，所有她的孩子们出世以后都要戴上红头巾。

在我们这个偏僻的出泥炭的沼泽地区，乡村摄影的成就在于摄影师能重视顾客的兴趣，并且非常了解乡村的人们。当然，这样的摄影师除天性以外，还必须具有自己的某种风格。

一边在为守林人摆着姿势，我一边想起一件事来。有一位战士，显然是生平第一次走进地铁，他本想把一只脚放在自动扶梯运转的台阶上，可他觉得像大伙一样放一只脚上去不怎么带劲。等到人少的时候，他安排好了，就像操练一样，一下子跳到第五级台阶上。

我就要给我的战士照这样一张相：他睁大眼睛，愉快的脸上挂着泪痕，雄赳赳地仿佛使劲跳到我的镜头里来。而对这个女人，我脑海里浮现着我那棵带着小蘑菇崽儿、头顶拱起土块的大红蘑菇。

15分钟以后照片好了。我用自己特殊的快速的方法，将阳光从窗缝放到放大器的胶片上，再显影，然后将潮湿的照片直接贴在纸板上。

我工作的成就是要让贴在白纸板上的照片很有光彩，而且一个个都贴在一起。更主要的是，说起来惭愧，成年人不大像自己，纸板上的看起来要胜过他本人。

战士请求我给他的妻子单独照张相以作纪念。

我们住在林业区办事处的侧房里。安排这个临时住处时,我到杂物房寻找家具,找到一个挺不错的旧沙发椅,修理了一下。这时,我把我的"红蘑菇"安排在这个座低背高的沙发椅上,开始设法让她漂亮些,而且照出来不像她自己。

"红蘑菇"宽宽的脸颊挺不错,虽然她上面的每个零件并不算漂亮,但有时在这张脸上瞬间会闪现出亮光,这时就会变得比较好看。本来对我来说当然是要寻找幸福的时刻,以深刻的意义组合这张脸上的各部分,使这张脸变得美丽,再拍出有经验的照片来。但是,我也清楚地知道,我的顾客对这样的肖像可能并不满意。于是我必须拍出与她本人相符的肖像。

我用香粉使"红蘑菇"的脸变得柔和，毫不费力就使她的眼睛变大，眼睛上面描出了眉毛，像两只鸟翼。我们找出了祖母的纱巾，用它包了头。纱巾从头上一直拖到胸前，下面那普通的印花布显得很神秘。

你瞧，正像人们常说的，成功"鼓舞"了艺术家。的的确确，我至今仍毫不惭愧地承认，这样的成功也多少鼓舞了我。

坐在高背沙发椅上的"红蘑菇"，看到自己成了一个光彩夺目的美人，把肖像拿过去，也不给她丈夫。守林人看来是个心地善良的人，毫无争议地同意了，并且说道："真的，相片你保存吧！珍藏着，你从来没像这个样子，将来也不会的。"

他说这话没有一丝一毫的嘲笑。而我，受到这样成功的鼓舞，也把为军人妻子照相看作自己愉快的职责。

当我从暗室里拿出另一张肖像转回来时，看到我的"红蘑菇"满面泪水向后倒在沙发椅上，照片放在膝盖上。丈夫和孩子们严肃地望着妈妈，按照自己的意思来理解她。

往往在大家有着共同痛苦的日子里，人们都能彼此理解，这时我也理解了"红蘑菇"。这个看上去样子挺漂亮的女人明白了，她不会变得这样漂亮，这样虚假的。而由于这种虚假将不可避免地导致更加沉重的后果。

这种不可避免的预感没有欺骗这个女人，过了几个月传来送葬的噩耗：守林人阵亡了。

（1942年笔记）

猎人的笔记

战后，黑麦又长起来，开始扬花了。但是，在科尼亚金诺，人们至今害怕去采蘑菇。据说，去那儿可能碰上地雷。你无论问当地的任何人，无论同谁商量，他们对你的"能碰上吗"这个问题的回答，都是"这太容易了"。

战时，我在科尼亚金诺度过了贫穷的生活，现在我来这里就是为了打猎，关于地雷的不幸消息没能阻止我。我决定带根棍子，小心探索可疑的东西，猎人是能够冒险的。

在过去的一场战争中我看到过许多艰难的情景，我曾不得不跟着大炮疾跑，越过布满尸体的高地，看到他们我并不感到难为情。不过，即使在战斗紧张的时刻，在画面全部清晰的条件下,也不会像在和平日子在科尼亚金诺产生的这种阴郁的情绪。

　　一座很简陋的坟,竖着一个十字架或是五角星,除此之外什么说明也没有。坟,仅仅只是坟而已。那么,对于森林中这块平坦的地上出现的这块陷落的土地,人们会怎样想呢?山枞树怎么能在这样的坑底,长出稠密的长毛绒般的枝叶?枞树可是喜欢肥土的,可在这样深的坑底哪儿来的肥土?要是枞树长大了,拿什么给土地施肥呢?这些可疑的坟墓就足够它用的了。

　　甚至当你看到蘑菇王的顶端,把一只手伸向冰凉而潮湿的苔藓,摸到了和人的胳膊一样粗细的蘑菇腿时,你不能抛开在自然界中经历的这种感情。

　　草丛里一个满是洞孔的钢盔在黑暗中望着我。在拳参丛生的坑里,有一辆军用载重汽车的车身。透过拳参稠密的茎,我发现车身里有一只未成年的乌鸦。任何一个真正的猎人,临老之前教给孩子们对待飞禽走兽的办法是:如果它没有动,就拼命驱赶它;如果它是在跑或是飞,就抓住它。

　　我拨开草丛,想着乌鸦看到我一定会飞走。但是小乌鸦没有动。我用棍子晃了一下，同时发出"嘘嘘"声，想让它从车厢里飞走。可是乌鸦非常平静地待在那儿，就像一位衣着高雅的贵妇，从窗口望着我，犹如观赏风景。

在离车身两步远的地方，还躺着一个被射穿的钢盔。有一种奇怪的情景立刻吸引了我的注意力，钢盔有些异乎寻常，好像有什么东西从里面把它斜着抬了起来。

难道真是在钢盔下面的土地上，还留着一个脑袋吗？

当然，不是我要这么想，而是这个现象本身让你不得不这么想。我禁不住想用我的棍子的金属尖端插入钢盔的孔洞，把它抛到一边去。

我的棍子眼看就要触到钢盔了，可它却从我的棍子旁跳开了，像一个活玩意儿，仿佛里面有什么活的东西或是装有钢丝弹簧。

当然，我又不由自主地向后朝那只未长成的乌鸦跳了两步。

剩下要做的就是：连看也不要看，赶快悄悄从这个活脑袋跟前逃走。在这种情况下，人们常常会如此。然后这一辈子只要有人提起死人，便会讲起它来。

不！我当然不是这样的人！我一鼓作气决定惩罚那个被钢盔吓得跳到乌鸦跟前去的人。我扔掉棍子，走近钢盔，弯下身去，伸出两只空手举起了钢盔。

原来钢盔下面，是一棵巨大的科尼亚金诺的蘑菇王，钢盔就顶在它上面，宛如戴在人的头上。钢盔顶在蘑菇上，而蘑菇在它下面一点点升高，越长越大。

应当承认，我始终不能停止那种窘迫感，况且由于匆忙，我在慌张离开时已不知东西南北。我好几次环顾四周，大概是在想：要不要折回去，是不是把这棵蘑菇挖走？每次我都对自己重复："算了吧，最好还是走开！"

我一直朝前走，突然看到了亮光，眼前出现一片林中空地，中间有一座稻草盖顶的房子。它里面住过什么人吗？或是打完仗以后它就这样待在那儿，生了根？房子附近有两个陈旧的稻草棚。当我向稻草棚走去时，不知为什么，我的眼睛向旁边扫了一下，然后又朝前望了一眼，我觉得在这一瞬间，房子似乎转了个个儿，把有一个唯一的小窗户的一面朝向了我，不信任地、小心翼翼地望着我……

"不，最好还是离开这儿！"我一边自言自语，一边朝另一边转过身去。就在这一瞬间,我听到从房子的另一边传来锯木的有力的声音。

这声音消除了我内心一切混乱的想法,我以坚定的步伐向传来锯木声的方向走去。

我环视了那一角,看到锯木机旁一个女人和一个少女正在用竖锯锯木头。作为摄影师,我自然一眼就认出这个女人就是那位"红蘑菇",那位我创作的坐在高背沙发椅上的"侯爵夫人"。和她一起锯木头的是一个十七岁左右的姑娘,我也很快就猜到了这就是围着红头巾的那个最大的女孩。

自然,她们马上也认出了我,当时我曾使她们那样高兴。这些普通的人,当你有机会与他们心灵相通,他们会一辈子感激你的。"红蘑菇"像见着亲人一样朝我扑过来,忘了正在锯木头,领我到小屋,二话没说就煮上了茶,嘱咐姑娘从酒窖里取来喝茶用的春天"加糖"的野樱果。

喝茶间,我知道了关于已故的守林人家庭的全部细节:寡妇在丈夫原来工作的地方干得不错;大女儿已经快要从无线电技术学校毕业了;那些"小鹅崽儿"还在读小学，妈妈已经把他们都安排到少先队夏令营去了。对于我的"过去你过得挺艰难吧"这一问话，她几乎是愉快地回答："难道就我一个人艰难吗？"

那张多少是根据那棵把土举了起来的红蘑菇所创作的全家福挂在墙上，旁边挂的是我的"侯爵夫人"。可是，我的上帝，生命是怎么回事！这张各个零件都不漂亮的脸，我觉得在那一刹那安排得很得当，某些地方显得比美人还漂亮。在这张脸上，此刻已出现某种凹陷和皱纹，形成了一个椭圆形，在这个椭圆形上我曾经扑过香粉。

但是我记起来了，我认出它就是当年闪闪发光的那张脸，这是这张脸上女性力量的表现，它只为我一个人闪烁过。而现在这张脸坚定了，绽开了笑容。

当时，我在这张脸上所不能做到的正是这一点，可现在它自己做到了。而我的玩偶"侯爵夫人"坐在高背沙发椅上，正从墙上望着这张活生生的美妙的脸。

（1947年笔记）

译后记

热爱生命的人无不热爱大自然,而大自然中最受人们关爱的莫过于动物和植物了。

本书作者米哈伊尔·米哈伊洛维奇·普里什文(1893—1954)是苏联著名作家,尤以散文、随笔著称。他青年时期当过农艺师,28岁开始文学创作。普里什文一生热爱大自然,热爱各种动物和植物。在他看来,一只狗、一只小鸟、一棵小杉树,甚至一个树桩,都是人类的朋友。他的许多作品的主题都是人和大自然之间的爱与和谐,就像他笔下的那些狗,那只被老鼠咬伤又被他治好的小瘸鸭,那棵为鸟兽和人们提供救命水的老蘑菇;他的观察细致入微,大自然中许多普普通通不被人注意的现象,比如森林里的蜘蛛网都能引起他的注意,被他栩栩如生地表现出来;他的文笔极为清新优美,正像他自己说的,他一生都在竭尽全力使写出的东西简单明了,轻松易懂;他的每篇散文都有一个引人入胜的故事,读来饶有趣味,令人犹如身临其境。普里什文的作品深受苏联和其他国家小读者的喜爱。他还经常被热心的读者请到学校和各种校外活动小组去做演讲。

我之所以译普里什文的动植物散文,是因为我深深被他描述的大自然吸引、感动:大森林的一声叹息、铺满掌心的黑麦穗、沙沙作响的小雨滴、拱起头上的苔藓和泥土挺身而出的红蘑菇妈妈及它的孩子们、被大鹰追赶的云雀……我都能感受到,看得见。在无声之中,我像一颗蒲公英的种子般融合在优美的大自然之中了。

每个人一生中都有许许多多接近动物、植物的机会。一个小孩从出生便与小猫、小狗、小鸡、小兔、小猴等有着天然的联系,结为伙伴。只要童心不泯,你永远都会保留着这份纯真的感情。

在我的记忆中常常会出现一个瘦高的中年男子,他从一个手提的蓝布包里用手掌托出一只黑色的小狗,小狗毛很短但有光泽。这大约是将近五十年前的事了。这只小狗,我们叫它"小板凳",在我家生活了将近二十年。不管我们兄弟姐妹有多少年没有回家,只要跨进大门，远远地它便飞快抡起四条小短腿向我们扑来，亲吻我们的腿脚，撒娇似的"呜呜"叫着。后来它老了，走起路来很艰难，在一个冬夜，它走了，再也没有回来……

　　青年时期有一段时间我因病住在家中。母亲买来几只鸡，是准备为我补养身体的。其中有一只非常漂亮，浅驼色的羽毛，脖颈上点缀着一圈深驼色，头顶上还有一个米色的缨子，美丽而典雅。只可惜有一条腿不知怎么折了，它站不起来，只能侧躺着，也不能像别的鸡一样在地上啄食。我常抱起它来给它的伤腿敷药、按摩，同时把玉米粒放在掌心里送到它嘴边。在我的精心护理下，慢慢地它能站起来了，但它依然不和别的鸡一起啄食地上的玉米粒，一定要走到我跟前，非要我拿在手里它才肯吃。它一点儿也不怕人，我随时都可以用双手抱起它。它与我亲善，是因为它知道我不会伤害它。可是，就是它，最终也成了我口中的补品。只要想起这只美丽的小母鸡，我都感到愧疚。人真是太残忍了！它若有思想，它会怎样想我呢？

　　我的女儿从小就喜欢小动物，我们常买来小鸡、小鸭、小乌龟、小金鱼给她养。有一次买来两只淡黄色毛茸茸的小鸡，可能刚出壳一两天，不停地"叽叽"叫着寻找妈妈，我们把它装在纸盒里，外面用棉衣包着，可是小鸡最后还是冻死了。小小的女儿为这两个小生命哭得伤心极了。这以后我便不敢再给她买小动物了。

一个仲夏的黄昏，一只失群的鸽子落在我家的阳台上，"咕咕"叫着用嘴叩响窗上的玻璃，引起女儿的注意。天黑了，它还没有飞走，女儿很为它焦急。怎么办？鸽子一定是找不到伙伴，回不了家啦！她给鸽子送去水和食物。第二天清晨鸽子飞走了，黄昏又回到阳台上。女儿又喂它。这样过了四天，第五天它飞走了，没有再回来。它的命运让女儿担心：它是找到了家呢，还是被人抓起来宰了？但愿它没有遭到噩运！

如今是工业大发展的时代，大自然不断被改造，被用来为人类服务。然而人们只知道向大自然索取，却很少想到要保持自然界的生态平衡，保护野生动物和植物。所以，很多珍奇的动植物已濒临绝灭，或者只有在博物馆里才能看到了。这难道还不足以使我们深省吗？

我真诚地希望每个读过这本书的小朋友，热爱每一个哪怕是极其微小的生命，把你的爱心献给动物和植物。

当小燕子在你的楼里筑巢,你应该欢迎它来做客;当小鸽子叩响你的窗户向你寻求保护时,你不要伤害它;当盛开的花朵在阳光中向你点头时,你应该为欣赏到它的美向它微笑,千万别伸手摘下它……